PILOTO
DE GUERRA

O livro é a porta que se abre para a realização do homem.
JAIR LOT VIEIRA

PILOTO
DE GUERRA

Antoine de
SAINT-EXUPÉRY

Tradução, apresentação e notas
José Miguel Nanni Soares
Historiador com doutorado em História Social
pela Universidade de São Paulo

VIALEITURA

PILOTO DE GUERRA
ANTOINE DE SAINT-EXUPÉRY

TRADUÇÃO, APRESENTAÇÃO E NOTAS: JOSÉ MIGUEL NANNI SOARES

1ª EDIÇÃO 2015

© desta tradução: Edipro Edições Profissionais Ltda. – *CNPJ nº 47.640.982/0001-40*

Todos os direitos reservados. Nenhuma parte deste livro poderá ser reproduzida ou transmitida de qualquer forma ou por quaisquer meios, eletrônicos ou mecânicos, incluindo fotocópia, gravação ou qualquer sistema de armazenamento e recuperação de informações, sem permissão por escrito do Editor.

Editores: Jair Lot Vieira e Maíra Lot Vieira Micales
Produção editorial: Fernanda Rizzo Sanchez
Revisão: Tatiana Yumi Tanaka Dohe
Editoração eletrônica: Estúdio Design do Livro
Capa: Marcela Badolatto
Imagens da capa: Shutterstock

Dados Internacionais de Catalogação na Publicação (CIP)
(Câmara Brasileira do Livro, SP, Brasil)

Saint-Exupéry, Antoine de, 1900-1944.
    Piloto de guerra / Antoine de Saint-Exupéry ; tradução, apresentação e notas José Miguel Nanni Soares. -- São Paulo : Via Leitura, 2015.

    Título original: Pilote de guerre
    ISBN 978-85-67097-11-4

    1. Ficção francesa I. Título. III. Série.

15-02757   CDD-843

Índices para catálogo sistemático:
1. Ficção : Literatura francesa   843

EDITORA AFILIADA

VIA LEITURA

São Paulo: Fone (11) 3107-4788 – Fax (11) 3107-0061
Bauru: Fone (14) 3234-4121 – Fax (14) 3234-4122
www.vialeitura.art.br

Ao comandante Alias[1], a todos os meus camaradas do
Grupo Aéreo 2/33 de Grande Reconhecimento e, em especial, ao
capitão observador Moreau e aos tenentes observadores Azambre
e Dutertre[2], que, alternadamente, foram os meus companheiros
de bordo ao longo de todos os meus voos de guerra da campanha
de 1939-40 — e dos quais sou, por toda minha vida, o amigo fiel.

---

1 Henri Alias (1901-1985), comandante do Grupo 2/33 entre fevereiro e junho de 1940. Criador do Grupo dos Meios Militares e de Transporte Aéreo (GMMTA) da França, licenciou-se no Exército — mais especificamente das Forças Aéreas — em 1945. Trabalhou na Air Algérie entre 1947 e 1962, chegando a ocupar o cargo de diretor-geral da companhia argelina.

2 Observadores e copilotos de Saint-Exupéry durante as missões aéreas de reconhecimento que ele realizou entre 29 de março e 9 de junho de 1940: Moreau, nas missões de 29 de março (Orconte, Verdun, Montmédy, Neuchâtel, Bastogne, Châlons-sur-Marne, Orconte) e 31 de março (Orconte, Aix-la-Chapelle, Dusseldorf, Colônia, Orconte); Azambre nas de 31 de maio (Orly, Tergnier, Péronne, Amiens, Abbeville, Orly) e 9 de junho (Château-Thierry, Soissons, La Fère, Saint--Quentin, Guise, La Capelle, Vervins, Laon, Reims); Dutertre, nas missões de 23 de maio (Orly, Meaux, Compiègne, Rosières-en-Santerre, Bry-sur-Somme, Albert, Arras, Douai e Orly) — a mais emblemática das missões e que, pelo enorme risco envolvido, recebeu um tratamento especial no livro — e 6 de junho (Soissons, Laon, Vervins, Hirson, Le Cateau, Cambrai, Péronne, Roye, Montdidier).

SUMÁRIO

Apresentação - Saint-Exupéry: um
piloto humano, demasiado humano _____9

Capítulo I _____17

Capítulo II _____27

Capítulo III _____34

Capítulo IV _____38

Capítulo V _____40

Capítulo VI _____46

Capítulo VII _____48

Capítulo VIII _____52

Capítulo IX _____56

Capítulo X _____59

Capítulo XI _____68

Capítulo XII _____72

Capítulo XIII _____77

Capítulo XIV _____83

Capítulo XV _____91

Capítulo XVI _____94

Capítulo XVII _____111

Capítulo XVIII _____115

Capítulo XIX _____119

Capítulo XX _____126

Capítulo XXI _____131

Capítulo XXII _____142

Capítulo XXIII _____ 151

Capítulo XXIV _____ 156

Capítulo XXV _____ 166

Capítulo XXVI _____ 172

Capítulo XXVII _____ 178

Capítulo XXVIII _____ 188

APRESENTAÇÃO
SAINT-EXUPÉRY: UM PILOTO HUMANO, DEMASIADO HUMANO

TERCEIRO FILHO DO CONDE Jean Saint-Exupéry e da condessa Marie Foscolombe, Antoine-Jean-Baptiste-Marie-Roger Foscolombe de Saint-Exupéry (29 de junho de 1900, Lyon — 31 de julho de 1944, Mar Mediterrâneo), ou simplesmente Saint-Exupéry — Saint-Ex para a esposa[3] e para os amigos —, foi um escritor, jornalista, ilustrador e, na condição de piloto, um herói da Segunda Guerra Mundial.

Interessado desde a infância pela mecânica (em que pese sua origem aristocrática), Saint-Exupéry realizou os primeiros estudos no colégio jesuíta de Notre-Dame de Saint-Croix, em Le Mans, entre 1909 e 1914. Ao término da Primeira Guerra Mundial, transferiu-se para o colégio dos Maristas, em Friburgo, na Suíça,

---

3 Consuelo Suncín-Sandoval (1901-1979), que Saint-Exupéry conheceu em Buenos Aires, em 1930, como diretor local da *Aéropostale,* e com a qual se casou no ano seguinte (em 23 de abril de 1931), em Nice, na França. Para muitos biógrafos do autor e segundo a própria Consuelo confidenciou em seu livro póstumo de memórias — *Les Mémoires de la Rose* (As *memórias da Rosa,* 2000) —, a "Rosa" de *O pequeno príncipe* (1943) foi inspirada nela.

onde permaneceu até 1917. Quatro anos mais tarde, em abril de 1921, Antoine iniciou o serviço militar no 2º Regimento de Aviação de Estrasburgo, depois de reprovado nos exames de admissão para a Escola Naval.

A grande aventura do autor teve início em 1926, quando o jovem piloto foi admitido pela sociedade Latécoère (também conhecida como L'Aéropostale), célebre pelos pioneiros serviços aéreos postais e/ou de transporte de passageiros civis em escala transatlântica. Quando teve início a Segunda Guerra Mundial, em setembro de 1939, o piloto da Aéropostale era mundialmente conhecido por suas aventuras na África e na América do Sul — retratadas em romances como *Correio do Sul*, 1929; *Voo noturno*, 1931; e *Terra dos homens*, 1939, que lhe valeu o prêmio de melhor romance concedido pela Academia Francesa naquele mesmo ano. Alistou-se à Força Aérea Francesa, na qual serviu até o vergonhoso armistício de junho de 1940 entre a França e a Alemanha de Hitler.[4]

Depois de uma breve experiência em Paris, Saint-Exupéry emigrou para os Estados Unidos — mais precisamente para Nova York —, onde escreveu *Piloto de guerra* (ou *Voo para Arras*, título do livro publicado inicialmente nos Estados Unidos em fevereiro de 1942), e que apareceria na França somente no fim desse mesmo ano, antes de ser censurado pelo governo colaboracionista de Vichy e impresso clandestinamente. Isso se deveu ao fato de o romance avançar — para além dos relatos das missões cumpridas no interior

---

4 Apesar dos inúmeros acidentes que sofrera, de sua condição social privilegiada (dentre outras coisas, tratava-se de um escritor consagrado) e da idade avançada para um piloto de caça — os fabricantes norte-americanos do modelo P-38 Lightning, utilizado pelos aliados, recomendavam expressamente às autoridades militares da França Livre que só empregassem pilotos com menos de 30 anos —, Saint-Ex fez questão de alistar-se na Força Aérea Francesa para o cumprimento de seus deveres cívicos na defesa de seu país, os quais não cessaram com o armistício, uma vez que combateu pelas Forças Francesas Livres (fundadas em junho de 1940 por Charles de Gaulle) assim que retornou dos Estados Unidos, em 1942.

ANTOINE DE SAINT-EXUPÉRY

do Grupo 2/33 a bordo de um modelo Bloch 174 da Força Aérea Francesa durante a primavera de 1940, do testemunho dos horrores da guerra e de um sincero inquérito sobre as diversas razões para a humilhante derrota francesa frente ao Exército nazista — uma infernal combinação entre o despreparo do Estado-Maior francês, a inferioridade técnica e, sobretudo, as insuperáveis divisões políticas internas do país — uma homenagem aos franceses que sacrificaram a vida na defesa da pátria e, sobretudo, um chamado para que a nação se unisse contra o inimigo comum em defesa não somente da França, mas dos valores (humanistas e, vale dizer, cristãos) da civilização ocidental contra o totalitarismo nacional-socialista.

A exemplo do que fizera em seus romances de aviação, Saint-Ex recusou os artifícios do romance tradicional para, com uma linguagem direta e, não raro, eivada de objetos e termos técnicos, privilegiar o testemunho quase que documental de sua ação, ensejando, com base nisso, uma reflexão moral sobre a condição humana e os atos que a definem, como o amor, a amizade, a liberdade, a coragem e o sacrifício. Justamente o sacrifício que o patriótico poeta-aviador, despojado de qualquer espírito autocondescendente, reconheceu ter faltado aos franceses durante a necessária guerra contra a Alemanha nazista em uma passagem de *Piloto de guerra:*

Para ser, é preciso antes de tudo tornar-se responsável. Ainda há pouco estava cego. Estava amargurado. Contudo, agora, julgo com mais clareza. Assim como não estou disposto a queixar-me dos outros franceses, posto que me sinto um cidadão da França, também não concebo que este país se queixe do mundo. Cada um é responsável por todos. A França era responsável pelo mundo. Poderia ter oferecido a medida comum que teria unido o mundo. O país poderia ter servido ao mundo como arco de abóbada.Se a França tivesse tido o sabor e o esplendor da França, o mundo inteiro teria resistido por meio dela. De agora em diante, abjuro das minhas censuras ao mundo. A França tinha a obrigação de lhe servir de alma, se o mundo carecesse desta.

*

Ainda em 1942, tomado pelo mesmo espírito humanista e patriótico que norteou a redação de *Piloto de guerra,* Saint-Exupéry escreveu, da Argélia, sua famosa *Carta aos franceses,* uma exortação à reconciliação nacional — superando as clivagens políticas e culturais do país representadas pelas inúmeras divisões entre a direita e a esquerda (quando não no interior destas) — na defesa dos valores civilizatórios e humanistas que a nação encerrava contra as ameaças totalitárias da direita e da esquerda.

Seu inimigo comum estava nos dois sistemas totalitários: o nazismo, que encerrava hermeticamente os não conformistas em um campo de concentração, que considerava as massas como um "gado" à sua disposição, que sepultava a variedade da cultura humana pela obsessão racista; e o comunismo, que, rebaixando o homem ao *status* de produtor e consumidor e vendo na distribuição do produto social o problema político por excelência, reduzia toda a profundidade ontológica da condição humana a seu mero aspecto material.

Isso posto, Saint-Exupéry também era bastante crítico em relação à evolução da sociedade europeia sob a égide do capitalismo e, no interior desse sistema, a tendência a reduzir tudo à "vida gregária" — ou, nos termos que se tornaram clássicos pelas reflexões do filósofo espanhol Ortega y Gasset, o engendramento do "homem-massa" —, a seu ver um mundo de decadência marcado por robôs, cifras, rádios, propagandas, multidões dóceis nas mãos de tiranos e, sobretudo, "dúvida" e empobrecimento espiritual.

Diante do individualismo e do niilismo engendrados pelos regimes liberais do século XIX, bem como em reação a eles, do avanço das concepções igualitárias e/ou coletivistas do socialismo, Saint-Exupéry chamou a atenção de seus leitores para as (esquecidas) raízes cristãs do humanismo ocidental, o "arco da abóbada" da catedral europeia que possibilitou reconciliar, em um diálogo transcendental com o divino, termos aparentemente tão díspares como a liberdade e a igualdade. Apesar de longa, uma citação de *Piloto de guerra* que sintetiza a visão humanista do autor merece ser lida com atenção:

Durante séculos, minha civilização contemplou Deus por meio dos homens. O homem era criado à imagem de Deus. Respeitava-se Deus no homem. Os homens eram irmãos em Deus. Esse reflexo de Deus conferia uma dignidade inalienável a cada homem. As relações do homem com Deus serviam de fundamento evidente aos deveres de cada homem para consigo próprio ou para com os outros.

A minha civilização é herdeira dos valores cristãos... A contemplação de Deus instituía os homens iguais, porque eram iguais em Deus. E essa igualdade tinha uma significação clara... O soldado e o capitão são iguais na nação, mas, se não houver algo em que estabelecer essa igualdade, ela não passa de uma palavra vazia de sentido.

Compreendo claramente o motivo da igualdade, que era a igualdade dos direitos de Deus por meio dos indivíduos e proibia que se limitasse a ascensão a alguém. Deus podia decidir tomá-lo por caminho. Mas, como se tratava também de igualdade dos direitos de Deus "sobre" os indivíduos, compreendo por que eles, quaisquer que fossem, estavam sujeitos aos mesmos deveres e ao mesmo respeito pelas leis. Como exprimiam Deus, eram iguais em seus direitos. Como serviam a Deus, eram iguais em seus deveres.

Com efeito, o ceticismo de Saint-Exupéry face ao mundo moderno das massas e das democracias degeneradas aproxima-o de autores conservadores como Tocqueville, Taine e Ortega y Gasset, para os quais a entropia e a anarquia constituíam um perigo constante para as sociedades democráticas, já que as massas estariam sempre dispostas a eleger o primeiro demagogo hábil em manipular a propaganda para a solução dos complexos problemas de ordem social e política. Diante desse risco de a "liberação" do indivíduo nas sociedades democráticas desembocar rapidamente na permissividade, no individualismo e na decadência cultural, Antoine de Saint-Exupéry advertia para o fato de que a política não podia se limitar aos objetivos materiais, mas sim trabalhar fundamentalmente na consolidação da cultura e na orientação da vida espiritual.

Marcado, portanto, pelos abalos de sua época, o autor alinha-se à grande tradição do humanismo cristão ocidental que, de Pascal e Kierkegaard, investiga a misteriosa relação entre a providência divina e a liberdade humana, ainda que o autor não professe as certezas de uma denominação cristã específica. Sua biografia indica uma curiosa harmonia entre o homem extrovertido, que, como piloto ou repórter do jornal *L'Intransigéant*, relata suas impressões sobre Moscou de Stálin (1935) ou sobre o *front* republicano da Guerra Civil Espanhola (1936)[5], e, de outro, um indivíduo introvertido e contemplativo, que elabora máximas e reflete sobre a condição humana à maneira dos grandes moralistas de seu país.

Foi assim que, em sua *Lettre au général X* (*Carta ao general X*, de 30 de julho de 1944) — o último trabalho que escreveu, já que morreria no dia seguinte enquanto se entregava a mais uma missão aérea pela libertação da França e da civilização que reivindicava como sua —, o autor questionava-se sobre o porquê daquele conflito, ao mesmo tempo que procurava divisar algum horizonte para a civilização no pós-guerra. Perguntava a si próprio se, uma vez encerrado o massacre, tudo voltaria a girar em torno

---

5 Bastante condescendente e, até certo ponto, ingênua com relação ao regime soviético, a opinião de Saint-Exupéry evolui para um sentido crítico ao socialismo após testemunhar, *in loco,* os inúmeros fuzilamentos perpetrados pelas forças coligadas da esquerda em Barcelona, onde, nas palavras do autor, "fuzilavam como se desmatassem uma floresta".

da "questão do estômago" ou da ajuda alimentar norte-americana como em 1919; se o Velho Continente, sob o impulso do comunismo soviético avançando sobre a Europa Central, passaria por uma crise de "cem anos" sob o signo de uma "epilepsia revolucionária", ou testemunharia o surgimento de uma miríade de neomarxismos que lutariam uns contra os outros (a exemplo do que vira na Guerra Civil Espanhola); se aquela Europa, enfim, teria um renascimento espiritual ou sucumbiria às inúmeras divisões internas e nacionais que se espalhariam entre os Estados "como cogumelos".[6]

De maneira antecipada, Saint-Exupéry denunciava a profunda crise espiritual que acometia e ainda acomete o Ocidente e, em especial, a Europa, um mundo desprovido de orientação moral e que o papa emérito Bento XVI, ainda durante o seu curto pontificado, designou inúmeras vezes sob o termo de "ditadura do relativismo".

Razão pela qual poderíamos resumir a palavra de ordem do existencialismo espiritual de Saint-Exupéry pela necessidade de, nas palavras do próprio autor, "dar um sentido ao homem", um objetivo que o elevasse para acima de si próprio, a fim de que lograsse resistir aos iminentes perigos representados pelo empobrecimento interior e a perda de quaisquer liames espirituais, seja em relação à sua comunidade, seja em relação à grande família humana. Conforme o próprio autor sublinhou:

---

6 *De que servirá ganhar uma guerra se depois tivermos um século de crise epilética revolucionária? Quando a questão alemã for finalmente resolvida, todos os problemas verdadeiros começarão a ser postos. É pouco provável que, ao término da guerra, a especulação sobre as ações americanas baste para distrair, como em 1919, a humanidade de suas verdadeiras preocupações... Dar aos homens uma significação espiritual, desinquietações espirituais, fazer que chova sobre eles alguma coisa que se assemelhe a um canto gregoriano. Não se pode viver de frigideiras, de política, de palavras cruzadas, vejam vocês! Não se pode viver sem poesia, cor ou amor... Não resta [hoje] mais nada, a não ser a voz do robô da propaganda... Dois bilhões de homens escutam apenas o robô, não compreendem mais que eles se transformam em robôs. Todas as fraturas dos últimos trinta anos derivam tão somente de duas fontes: os impasses do sistema econômico do século XIX e o desespero espiritual.*

Combaterei pelo primado do Homem sobre o indivíduo, como do universal sobre o particular... Creio que o culto do particular leve apenas à morte, porque baseia a ordem na semelhança... Combaterei, pois, quem quer que tenha a veleidade de impor um costume particular aos outros costumes, um povo particular aos outros povos, uma raça particular às outras raças, um pensamento particular aos outros pensamentos.

Creio que o primado do Homem fundamenta a única igualdade e a única liberdade com significação autêntica. Creio na igualdade dos direitos do Homem por meio de cada indivíduo, como creio que a liberdade é a liberdade da ascensão do Homem. Igualdade não é o mesmo que identidade. A liberdade não é a exaltação do indivíduo em detrimento do Homem. Combaterei quem quer que pretenda submeter a liberdade do homem a um indivíduo ou a uma massa de indivíduos... Combaterei pelo homem; contra seus inimigos. Mas também contra eu mesmo.

Que o bom combate empreendido por Saint-Exupéry, seu sacrifício pela causa da humanidade, também possa inspirar o leitor brasileiro...

JOSÉ MIGUEL NANNI SOARES

Historiador com doutorado em História Social
pela Universidade de São Paulo

CAPÍTULO I

ESTOU SONHANDO, não tenho dúvida. Estou no colégio, tenho 15 anos. Inclinando-me na mesa escura, resolvo pacientemente meu problema de geometria, valendo-me com destreza ora do compasso, ora da régua, ora do transferidor. Estou atento e tranquilo. À minha volta, alguns camaradas falam em voz baixa. Um deles alinha números sobre um quadro-negro. Outros, menos sérios, jogam uma partida de *bridge*. De tempos em tempos, mergulho mais fundo no sonho e lanço um olhar pela janela. Um ramo de árvore oscila suavemente ao sol. Aluno distraído que sou, observo largamente... Experimento um prazer em desfrutar desse sol, bem como desse cheiro infantil de carteira, giz e quadro. Que alegria sinto em encerrar-me nessa infância tão protegida! Sei-o perfeitamente que começamos pela infância, pelo colégio, pelos camaradas, depois chega o dia em que nos submetemos aos exames; em que recebemos um diploma qualquer; em que atravessamos, com um aperto no coração, um certo umbral para além do qual passamos a ser, sem mais nem menos, homens. Pisamos, então, com força e damos os primeiros passos do nosso caminho. Finalmente, provaremos nossas armas sobre adversários autênticos. Usaremos a régua, o esquadro, o compasso, para construir o mundo ou para triunfar sobre os nossos inimigos. Acabaram-se as brincadeiras!

Sei que, geralmente, um colegial não teme enfrentar a vida; que, pelo contrário, ferve de impaciência. Os tormentos, os perigos, as amarguras de uma vida adulta não intimidam um adolescente.

Contudo, eis-me aqui, eu, que sou um colegial singular, que tem consciência de sua felicidade e que não tem tanta pressa para enfrentar a vida...

Passa Dutertre, convido-o.

— Sente-se aí, vou fazer uma rodada de cartas...

E me alegro por sacar-lhe o às de espadas.

Sentado diante de mim, sobre uma escrivaninha escura, Dutertre, de pernas caídas, desata a rir. Sorrio com modéstia. Pénicot une-se a nós e pousa seu braço em meu ombro:

— Então, velho amigo?

Meu Deus, como tudo isso é terno!

Um inspetor (será realmente um inspetor?... abre a porta para chamar dois de nossos colegas que abandonam a régua, o compasso, levantam-se e saem. Seguimo-los com os olhos. O colégio acabou para eles, que são deixados na vida. Sua ciência lhes servirá. Como homens, vão experimentar as receitas de seus cálculos em seus adversários. Que colégio mais engraçado esse em que os alunos vão-se cada um a seu turno, sem grandes despedidas. Esses dois camaradas nem sequer olharam para nós. Todavia, é bem provável que os acasos da vida levem-nos para mais longe do que a China.

Muito mais longe! Podem os homens jurar que se hão de rever quando a vida, depois do colégio, os dispersa?

Curvamos a cabeça, nós, que ainda vivíamos na cálida paz da incubadora...

— Escute, Dutertre, esta noite...

Mas a mesma porta abriu-se pela segunda vez. E ouvi, como se fosse um veredito:

— Capitão Saint-Exupéry e tenente Dutertre, apresentem-se ao comandante.

Acabou o colégio. É a vida.

— Sabia que era a nossa vez?

— Pénicot voou nessa manhã.

Certamente partimos em missão, já que nos convocam. Estamos no fim de maio, em plena retirada, em pleno desastre. Sacrificam-se as tripulações como se, em um incêndio florestal, se lançassem copos d'água sobre elas. Como hão de calcular os riscos quando tudo desmorona? Constituímos, ainda, cinquenta tripulações de grande reconhecimento por toda a França, cinquenta tripulações de três homens, dos quais vinte e três integram o nosso Grupo 2/33. Em três semanas perdemos 17 das 23 tripulações. Derretemos como se fôssemos uma vela. Disse ontem ao tenente Gavoille[7]:

— Veremos isso depois da guerra.

E o tenente Gavoille respondeu-me:

---

7 René Gavoille (1911-1993), admitido na École Militaire de l'Air em 1936 e licenciado como piloto em julho de 1937, alistou-se ao Grupo de Reconhecimento de 2/33 em 1939, participando de duas vitórias para os franceses. A exemplo de seu amigo Saint-Exupéry, juntou-se às forças da França Livre, na qual se destacou durante as campanhas aéreas da Córsega, Tunísia, Itália, Alemanha e França, sempre a bordo de um Lightning P38. Membro da Legião de Honra da França, recebeu a "Grande Cruz da Ordem ao Mérito Nacional", com oito recomendações, por seus atos de heroísmo durante a Segunda Guerra Mundial. Foi homenageado postumamente, em 1994, com a promoção de general.

— Mas o capitão ainda tem a pretensão de seguir vivendo após a guerra?

Gavoille não estava de brincadeira. Sabíamos perfeitamente que não restava outra coisa a fazer a não ser lançarmo-nos na fogueira, ainda que o gesto fosse inútil. Éramos cinquenta para toda a França. Sobre os nossos ombros repousava toda a estratégia do Exército francês! Havia uma imensa floresta que ardia em chamas e, para apagá-las, restava-nos apenas alguns copos d'água a sacrificar. E não havia dúvidas de que os iriam sacrificar. E estava correto. Quem pensava em se lamentar? Ouviu-se alguma vez entre nós outra resposta que não fosse: "Bem, meu comandante! Sim, meu comandante! Obrigado, meu comandante!". E, no entanto, havia uma impressão que dominava todas as demais ao longo desse fim de guerra. Era a do absurdo. Tudo crepitava ao nosso redor. Tudo desmoronava de maneira tão radical que a própria morte parecia absurda. A própria morte carecia de seriedade em meio àquela balbúrdia...

Entramos no gabinete do comandante Alias (ele que ainda comandava o mesmo Grupo 2/33, em Túnis).

— Bom dia, Saint-Ex. Bom dia, Dutertre. Sentem-se.

Sentamo-nos. O comandante desdobrou uma carta sobre a mesa e voltou-se para o assistente:

— Vá buscar-me o meteoroscópio.

Em seguida, golpeou a mesa com um lápis. Observei-o. Por não ter dormido, tinha um aspecto cansado. Andou para cima e para baixo, de carro, à procura de um Estado-Maior fantasma, o Estado-Maior da divisão, o Estado-Maior da subdivisão. Tentou lutar contra os armazéns de provisões que não entregavam as peças de reposição; meteu-se em engarrafamentos inextricáveis. Presidiu também à última mudança, ao último traslado, já que mudamos de terreno como pobres-diabos perseguidos por um

ANTOINE DE SAINT-EXUPÉRY

meirinho inexorável. Alias logrou salvar primeiro os aviões, depois os caminhões e, por fim, as dez toneladas de material, mas vemo-lo agora esgotado e com os nervos em frangalhos.

— Ora bem, vejamos...

Persistiu golpeando a mesa sem nos observar.

— É bastante incômodo...

Em seguida, ergueu os ombros.

— É uma missão incômoda, mas do maior interesse para o Estado-Maior. Interessa-lhes muito... Discuti com eles, mas insistiram... Assim deve ser.

Através da janela, Dutertre e eu contemplamos um céu calmo. Ouvi o cacarejar das galinhas, pois o gabinete do comandante estava instalado em uma fazenda, assim como a sala de informações estava em uma escola. Não pretendia opor o verão, os frutos que amadureciam, os pintinhos que engordavam, os trigais que cresciam à morte tão próxima. Não via em que a calma do verão haveria de contradizer a morte, nem em que a doçura das coisas haveria de ser irônica. Todavia, uma ideia vaga me assaltou: "É um verão que se decompõe. Um verão em pane..." Vi máquinas debulhadoras, ceifadoras e ligadoras abandonadas. Nas valas de estradas, carros abandonados. Aldeias abandonadas. De uma aldeia deserta, vi como uma fonte qualquer deixava fluir sua água. A água pura dava lugar a um charco, logo ela que custara tantos cuidados aos homens. De súbito, ocorreu-me uma ideia absurda. A dos relógios avariados. De todos os relógios avariados. Relógios das igrejas das aldeias, relógios das estações de trem, relógios de chaminés das casas vazias. E, nessa vitrine de relojoeiro fugitivo, um verdadeiro ossuário de relógios mortos. A guerra... Já não se dava corda aos relógios, já não se apanhavam as beterrabas, já nem se reparavam os vagões. E a água, outrora utilizada para saciar a sede ou para lavar as belas rendas dominicais das jovens aldeãs, espalhava-se como um charco diante da igreja. E as pessoas morriam no verão... É como se eu tivesse uma doença e o médico acabasse de me dizer: "É bastante incômodo..." Portanto, era preciso pensar no escrivão, naqueles que ficariam. Com efeito, compreendemos, Dutertre e eu, que se tratava de uma missão sacrificada.

— Dadas as presentes circunstâncias — concluiu o comandante —, é impossível calcular em demasia o risco...

Certamente, não se pode "calcular em demasia". E ninguém estava errado. Nem nós, por nos sentirmos melancólicos; nem o comandante, por não se sentir à vontade; nem o Estado-Maior, por dar as ordens. O comandante resmungava porque tais ordens eram absurdas. Nós também o sabíamos, mas o próprio Estado-Maior o sabia. Dava ordens porque era preciso. Ao longo de uma guerra, um Estado-Maior dá ordens, confiando-as a esbeltos cavaleiros, ou, mais modernamente, a motociclistas. Ali, onde reinavam a balbúrdia e o desespero, cada um desses esbeltos cavaleiros saltava de um cavalo extenuado. Revelava o futuro, como a estrela dos magos. Trazia a verdade. E as ordens reconstruíam o mundo.

Esse era o esquema da guerra, a imagem colorida da guerra, e todos se esforçavam para fazer que a guerra se parecesse com a guerra. Piedosamente, procuramos todos observar as regras. Podia ser, então, que a guerra chegasse a se parecer com uma guerra.

E era para que ela se parecesse com uma guerra, que se sacrificassem, sem fins precisos, as tripulações. Ninguém admitia que a guerra não se parecesse com nada, que nada dela fazia sentido, que nenhum esquema se lhe adaptava, que se manejavam seriamente os fios que já não se comunicavam com as marionetes.Os Estados-Maiores expediam com convicção essas ordens que não vingavam em parte alguma. Exigiam de nós informações impossíveis de se obter. A aviação não podia assumir o encargo de explicar a guerra aos Estados-Maiores. Com suas observações, podia controlar as hipóteses, se bem que, além de as hipóteses já não mais existirem, solicitavam de 50 tripulações que modelassem o rosto de uma guerra que não o tinha. Dirigiam-se a nós como a uma tribo de cartomantes. Analisei Dutertre, meu observador cartomante. Ontem mesmo objetava a um coronel da divisão: "Como farei, a 10 metros do solo e a 500 quilômetros por hora, para marcar as posições que me pede?". O coronel, então, ponderou: "Vejamos, vocês conseguirão ver bem de onde é que disparam contra si mesmos! Se abrem fogo, as posições são alemãs".

— Desatei a rir — concluiu Dutertre depois da discussão.

Os soldados franceses jamais avistaram aviões franceses. Perfazendo cerca de mil aeronaves disseminadas de Dunquerque a Alsácia, mais valeria dizer que se diluíram no infinito. E quando, à nossa frente, um avião passava como um vendaval, seguramente era alemão, de modo que era melhor derrubá-lo antes que ele tivesse despejado suas bombas. O seu rugido era suficiente para acionar as metralhadoras e os canhões de tiro rápido.

— Com semelhante método — acrescentou Dutertre —, suas informações serão preciosas!...

E todos deveriam levá-las em consideração, pois em um esquema de guerra era preciso ter todas as informações!...

Sim, mas a guerra também se desorganizou.

Felizmente — e sabemo-lo bem — ninguém prestará atenção às nossas informações. Não poderemos transmiti-las. As estradas estarão congestionadas; os telefones, em pane; e o Estado-Maior terá sido transferido com urgência. As informações importantes sobre a posição do inimigo serão fornecidas pelo próprio. Há dias, perto de Laon, discutíamos sobre a eventual posição das linhas. Enviamos um tenente de ligação para ir ter com o general. No meio do caminho entre a nossa base e o general, o veículo do tenente foi de encontro a um rolo compressor, detrás do qual se abrigavam dois carros blindados. O tenente deu meia-volta, mas uma rajada de metralhadora ceifou-lhe a vida e feriu o condutor. Os blindados eram alemães.

No fundo, o Estado-Maior assemelhava-se a um jogador de *bridge* que alguém interrogasse a respeito de uma peça vizinha:

— O que devo fazer com minha dama de espadas?

O jogador, isolado, encolheria os ombros. Sem nada ter visto do jogo, o que haveria de responder?

Mas um Estado-Maior não tem o direito de encolher os ombros. Caso ainda mantenha o controle de alguns elementos, deve mobilizá-los para mantê-los sob sua mão e aproveitar todas as possibilidades enquanto durar a guerra. Ainda que às cegas, tem o dever de agir e de fazer agir.

Todavia, é difícil atribuir ao acaso um papel a uma dama de espadas. Já nos foi dado constatar, a princípio com surpresa, depois com evidências, que teríamos podido prever que, quando a derrocada começa, o trabalho falta. Há quem imagine o vencido submerso por uma torrente de problemas, usando até o fim sua infantaria, sua artilharia, seus tanques, seus aviões, para resolvê-los... Mas a derrota escamoteia de início os problemas. Já não se sabe mais nada do jogo. Já não se sabe no que empregar os aviões, os tanques, a dama de espadas...

Lançam-na ao acaso sobre a mesa, depois de terem quebrado a cabeça para lhe descobrir um papel eficaz. Reina o mal-estar, não a febre. Somente a vitória rodeia-se de febre. A vitória organiza, a vitória constrói, e todos se estafam ao levar sua pedra.

A derrota, no entanto, leva os homens a mergulhar em uma atmosfera de incoerência, de aborrecimento e, acima de tudo, de futilidade.

As missões que exigem de nós são fúteis. Cada dia mais fúteis, sangrentas e fúteis. Para deter o deslizamento de uma montanha, os que dão ordens não dispõem de outros recursos senão o de lançar os seus últimos trunfos sobre a mesa.

Dutertre e eu éramos os trunfos e escutávamos o comandante, que nos expunha o programa da tarde. Mandou-nos sobrevoar, a 700 metros de altitude, os parques de tanques da região de Arras, no regresso de um longo percurso de mil metros, com a mesma voz com que nos diria:

— Sigam, pois, pela segunda rua à direita até a esquina da primeira praça; comprem-me os fósforos...

— Muito bem, meu comandante.

Nem mais nem menos útil a missão. Nem mais nem menos lírica a linguagem que a exprimia.

Digo a mim mesmo: "Missão sacrificada". Penso... penso em muitas coisas. Esperarei pela noite, se estiver vivo, para refletir. Mas vivo... Quando uma missão é fácil, um em cada três regressa. Quando ela é um pouco "incômoda", é mais difícil retornar, obviamente. E, no gabinete do comandante, a morte não me parecia nem augusta, nem majestosa, nem heroica, nem pungente. Não passava de um sinal de desordem. Um efeito da desordem. O grupo nos perderia como se perdessem as bagagens na barafunda das linhas férreas.

E não é que não pensava na guerra, na morte, no sacrifício, na França, muito pelo contrário, mas faltava-me um conceito orientador, uma linguagem clara. Pensava por contradições. A minha verdade estava fragmentada e não podia considerar senão um fragmento depois do outro. Se estiver vivo, esperarei pela noite para refletir. A noite bem-amada. À noite, a razão dorme e as coisas simplesmente são. As que verdadeiramente importam retornam à sua forma, sobrevivem às destruições das análises do dia. O homem reata os seus fragmentos e volta a ser uma árvore calma.

O dia era para as cenas domésticas, mas à noite... aquele que discutiu durante o dia reencontra o amor. Porque o amor é maior do que o vendaval de palavras. Então, o homem apoia os cotovelos no parapeito da janela, sob as estrelas, novamente responsável pelos filhos que dormem, pelo pão do amanhã, pelo sono da esposa que repousa perto, tão frágil, delicada e passageira. O amor não se discute. Ele é. Que viesse a noite, para me revelar qualquer evidência que merecia o amor. Para que eu pensasse na civilização, na sorte do homem, no gosto da amizade, em meu país. Para que eu pudesse servir a qualquer verdade imperiosa, por mais inexprimível que ainda fosse...

Por um momento, pareço-me com o sacristão que a graça abandonou. Desempenharei o meu papel na companhia de Dutertre com honestidade, é certo, mas com a sensação de quem salva ritos quando eles perderam o conteúdo, porque Deus os abandonou. Esperarei pela noite, se me for possível viver ainda, para passear um pouco a pé pela grande estrada que atravessa a nossa aldeia, envolto na minha solidão bem-amada, para ver se descubro, assim, por que devo morrer.

CAPÍTULO II

DESPERTO DO MEU SONHO. O comandante surpreende-me com uma estranha proposta:
— Se essa missão os perturba muito... se vocês não se sentem em forma, posso...
— Vejamos, meu comandante!

O comandante sabia perfeitamente o absurdo de tal proposta, mas, quando uma tripulação não regressava, todos recordavam a gravidade do rosto no momento da partida. Interpretávamos essa gravidade como um sinal de pressentimento. Acusávamo-nos por tê-lo negligenciado.

O escrúpulo do comandante fez-me lembrar de Israel.[8] Divisei-o anteontem pela janela da sala de informações enquanto fumava.

---

[8] Jean Israel (1913-1995), célebre piloto francês de origem judaica durante a Segunda Guerra Mundial e personagem-chave de *Piloto de guerra,* na medida em que representa uma veemente condenação de Saint-Exupéry ao antissemitismo então vigente na França de Vichy — constituindo, assim, uma das razões para a interdição

Israel caminhava depressa e tinha o nariz vermelho. Um grande nariz bem judeu e bem vermelho. Seu nariz impressionou-me de imediato. Sentia uma profunda amizade por ele, cujo nariz atraía minha atenção. Era um dos colegas pilotos mais corajosos do grupo. Um dos mais corajosos e um dos mais modestos. Disseram-lhe tanto da prudência judaica que ele devia tomar sua coragem por prudência. Era prudente ser vencedor.

Reparei no seu grande nariz vermelho, o qual brilhou somente por um instante, dada a rapidez dos passos que levavam Israel e o seu nariz. Sem a intenção de brincar, voltei-me para Gavoille:

— A que se deve um nariz desses?

— Sua mãe, foi ela quem lhe deu — respondeu Gavoille.

Todavia, acrescentou:

— Que missão bizarra, a baixa altitude. Vai partir.

— Ah!

E à noite, quando deixamos de esperar pelo regresso de Israel, lembrei-me, conforme o esperado, daquele nariz que, plantado em um rosto absolutamente impassível, expressava por si só, com certa genialidade, a mais pesada das preocupações. Se tivesse sido eu a ordenar a partida de Israel, a imagem desse nariz teria me perseguido durante muito tempo, como uma censura. É verdade que Israel não tinha respondido à ordem de partida a não ser com um: "Sim, meu comandante. Muito bem, meu comandante. Perfeitamente, meu comandante". É certo que ele não contraíra um único músculo da face. Contudo, lenta, insidiosa, traiçoeiramente, o nariz incendiou-se. Israel controlava os traços da face, mas não

---

do livro pelo regime colaboracionista. Abatido e capturado pelos alemães em uma missão aérea de 22 de maio de 1940, soube do falecimento de seu amigo Saint-Ex do campo de prisioneiros de Lübeck, do qual foi libertado pelos Aliados apenas depois do término da guerra.

a coloração do nariz. E o nariz abusara dessa liberdade para, em meio ao silêncio, manifestar-se por conta própria. Sem que Israel o soubesse, o nariz expressara ao comandante a sua firme desaprovação.

Talvez por esse motivo o comandante não gostava de deixar partir os que ele imaginava esmagados pelos pressentimentos, que quase sempre enganam, mas fazem que as ordens de guerra assumam o tom de condenação. Alias era um chefe, não um juiz.

Foi o que ocorreu noutro dia com o ajudante T.

Israel era tão corajoso quanto T. era suscetível ao medo. Ele foi o único homem que conheci que sentia realmente medo. Quando davam a T. uma ordem de guerra, desencadeava-lhe uma estranha ascensão de vertigem. Tratava-se de algo simples, inexorável e lento. T. endurecia lentamente dos pés à cabeça. O seu rosto ficava como que lavado de toda a expressão, e os olhos começavam a luzir.

Contrariamente a Israel, cujo nariz parecera-me tão envergonhado, envergonhado pela provável morte de Israel e ainda muito irritado, T. não produzia movimentos interiores, não reagia, emudecia. Quando acabávamos de falar com T., descobríamos que lhe tínhamos simplesmente exacerbado a angústia, que começava a difundir no seu rosto uma espécie de claridade uniforme. Desde então, T. estava como que fora de perigo. Víamos alargar-se um deserto de indiferença entre ele e o universo. Em parte alguma, em nenhuma outra pessoa, conheci essa forma de êxtase, jamais.

— Jamais deveria tê-lo deixado partir naquele dia — disse mais tarde o comandante.

Naquele dia, quando o comandante anunciara sua partida a T., este não apenas empalidecera, como principiara a sorrir. Simplesmente a sorrir. Assim procedem, talvez, os supliciados quando o carrasco ultrapassa realmente os limites.

— Você não está bem. Vou substituí-lo...

— Não, meu comandante. Já que é a minha vez, que assim seja.

E T., em posição de sentido diante do comandante, fitava-o diretamente, sem um movimento sequer.

— Mas se você não se sente seguro de si...

— É a minha vez, meu comandante, é a minha vez.

— Vejamos, T. ...

— Meu comandante...

O homem parecia um bloco.

E Alias:

— Então, deixei-o partir.

O que aconteceu depois nunca teve explicação. T., artilheiro do avião, sofreu uma tentativa de ataque por parte de um caça inimigo cujas metralhadoras travaram, e por esse motivo foi obrigado a dar meia-volta. O piloto e T. conversaram mutuamente até os arredores do aeródromo da base sem que o piloto notasse nada de anormal, mas a cinco minutos da chegada não houve mais resposta.

Noite adentro, encontraram T. com o crânio quebrado pela empenagem do avião. Havia saltado de paraquedas em condições desastrosas, a plena velocidade, e tudo isso em território amigo, quando já nenhum perigo o ameaçava. A passagem do caça funcionara como um apelo irresistível.

— Vão-se vestir — disse-nos o comandante — e estejam no ar às cinco e meia.

— Adeus, meu comandante.

O comandante respondeu com um gesto vago. Superstição? Como o meu cigarro apagou-se e vasculhei meus bolsos em vão, lançou-me a pergunta:

— Por que você nunca tem fósforos?

Nisso ele estava certo. Atravessei a porta com esse adeus, fazendo-me o seguinte questionamento: "Por que nunca tenho fósforos?".

— A missão o aborreceu — destacou Dutertre.

Quanto a mim, penso: ele não se importa! Mas não é em Alias que eu penso ao formular essa sentença injusta. Fiquei chocado por uma evidência que ninguém confessa: a vida do espírito é intermitente. A vida da inteligência, e somente ela, é permanente, ou quase. Havia poucas variações em minhas faculdades de análise. Mas o espírito não considerava os objetos, mas os sentidos que os ligavam entre si, o rosto que se lia por meio deles. E o espírito passava da plena visão à cegueira absoluta. Para quem amava sua herdade, chegava um momento em que não se descobria mais senão um amontoado de objetos disparatados; a quem amava a esposa, chegava o momento no qual ele via somente cuidados, contrariedades e constrangimentos no amor; ao amante de tal música, chegava o momento em que ela não lhe dizia mais coisa alguma. Era chegado o momento — como o que experimentávamos — em que já não compreendia o meu país. Um país não era a soma de regiões, de costumes, de materiais que a minha inteligência sempre podia abarcar. Era um ser. E era chegado o momento em que me descobria cego para os seres.

O comandante Alias passou a noite na casa do general discutindo lógica pura, responsável por arruinar a vida do espírito. Posteriormente, esgotou-se em meio a intermináveis engarrafamentos da estrada. Em seguida, no seu regresso para o grupo, deparou com centenas de dificuldades materiais, daquelas que corroem pouco a pouco, como os inúmeros efeitos de um deslizamento de montanha que não se poderia conter. Finalmente, convocou-nos para nos lançar em uma missão impossível. Éramos objeto da incoerência geral. Já não éramos, para ele, Saint-Exupéry ou Dutertre, dois seres dotados de uma maneira particular de ver ou não as coisas, bem como de andar, beber e sorrir. Éramos partes de uma grande construção para a qual se necessitava de mais tempo, silêncio e distanciamento para se descobrir o conjunto. Se eu fosse acometido por um tique, Alias somente perceberia o tique. E sobre Arras, somente enviaria a imagem de um tique. No desastre dos problemas propostos, em meio à derrocada, dividimos a nós mesmos em fragmentos. Esta voz. Este nariz. Este tique. E os fragmentos não mais comoviam. E aqui já não se trata do comandante Alias, mas de todos os homens. Durante os trabalhos do enterro, nós, que amávamos o morto, não nos sentíamos em contato com a morte. A morte é uma grande coisa. É uma nova rede de relações com as ideias, com os objetos, com os hábitos do morto; é um novo arranjo do mundo. Ainda que nada tenha mudado em aparência, tudo de fato mudou. As páginas do livro são as mesmas, mas não o seu sentido. Para sentirmos a morte, é preciso imaginar as horas em que temos necessidade do morto. É nessa hora que ele faz falta. Imaginar o momento em que ele teria tido necessidade de nós. Mas ele já não precisa de nós. Imaginar a hora da visita amiga e descobrir que esta se encontra vazia. Devemos ter a perspectiva da vida, mas não há perspectiva nem espaço no dia em que o enterrarmos. O morto ainda está em pedaços. No dia em que o enterram, dispersamo-nos em impaciências, em preocupações materiais, nas mãos de amizades verdadeiras ou falsas a estreitar. O morto somente morrerá amanhã, quando houver silêncio. Ele vai se mostrar para nós em sua plenitude, para se arrancar, em sua plenitude, à nossa substância. Somente então gritaremos por quem se vai e não podemos impedir.

Não gosto das imagens do Epinal sobre a guerra[9], nas quais um rude guerreiro reprime uma lágrima e dissimula sua emoção sob ditos grosseiros. Tudo isso é falso. O rude guerreiro não dissimula nada. Se ele deixa escapar uma grosseria, é porque realmente pensa em uma grosseria.

---

9 Referência ao Museu da Imagem localizado na cidade francesa de Epinal.

A qualidade do homem não está em questão. O comandante Alias é perfeitamente sensível. Se nós não voltarmos, é provável que sofra mais do que qualquer outro. Na condição de que se trata de nós e não de um somatório de pormenores diversos; de que essa reconstituição lhe seja permitida pelo silêncio. Pois se, nessa mesma noite, o meirinho que nos persegue obrigar mais uma vez o grupo a mover-se, uma roda de caminhão avariada, na avalanche dos problemas, adiará a nossa morte, permitindo que Alias se esqueça de sofrer com ela.

E é dessa maneira que eu, de partida a uma missão, não penso na luta do Ocidente contra o nazismo. Penso em detalhes imediatos, em quão absurdo é sobrevoar Arras a setecentos metros de altitude; na vaidade das informações desejadas de nós; na lentidão com que me visto nesse vestiário que se me afigura como um vestiário do carrasco; e, por fim, em minhas luvas. Em que fim de mundo hei de encontrar um par de luvas, já que perdi as minhas?

Já não distingo a catedral que habito.

Visto-me para o serviço de um deus morto.

CAPÍTULO IIII

— MEXA-SE... ONDE ESTÃO as minhas luvas?... Não... Não são essas... procure-as no meu casaco...

— Não as encontro, meu capitão.

— É um imbecil.

Todos são imbecis, este que não logra encontrar as minhas luvas, e o outro, do Estado-Maior, com sua ideia fixa de missão em baixa altitude.

— Pedi-lhe um lápis. Faz dez minutos que lhe pedi um lápis... Você não tem um lápis?

— Tenho sim, meu capitão.

Eis, enfim, uma pessoa inteligente.

— Pendure esse lápis a um fio e ate-o a esta botoeira... Então, diga-me, metralhador, você não parece estar com pressa...

— É que já estou pronto, meu capitão.

— Ah! Bom.

Dirijo-me para o observador:

— Tudo certo, Dutertre? Não falta nada? Já calculou as rotas?

— Já sim, meu capitão...

Bom. Já tem as rotas. Uma missão sacrificada... Pergunto se faz o mínimo sentido sacrificar uma tripulação para obter informações de que ninguém necessita e que, na hipótese de um de nós ainda sobreviver a ponto de transmiti-las, jamais serão repassadas a quem quer que seja...

— O que eles deviam fazer no Estado-Maior era contratar espíritas...

— Por quê?

— Para que esta noite, ao redor de uma mesa giratória, pudéssemos comunicar-lhes as suas informações.

Não estou muito orgulhoso de minha piada, mas prossigo a resmungar:

— Os Estados-Maiores, os Estados-Maiores, que sejam eles a cumprir as missões sacrificadas, os Estados-Maiores!

Quão longo é o cerimonial de se vestir quando a missão aparece como desesperada e se atavia com tanto cuidado para ser grelhado vivo! Quão trabalhoso é revestir-se com uma tripla camada de roupas sobrepostas; disfarçar-se com um autêntico armazém de acessórios que transportamos como o faria um vendedor ambulante; organizar os circuitos de oxigênio; a calefação e as comunicações telefônicas entre os membros da tripulação. A máscara responde pela respiração. Um tubo de borracha, tão importante quanto o cordão umbilical, liga-me ao avião. O avião entra em circuito na temperatura do meu sangue, nas minhas comunicações humanas. Acrescentaram-me órgãos que, de alguma maneira, interpõem-se entre mim e o meu coração. De minuto em minuto, torno-me mais pesado, mais atravancado, mais difícil de manejar. Converto-me em um bloco e, se me inclino para apertar as correias ou retirar os fechos que resistem, todas as minhas articulações gritam. As velhas fraturas enviam-me seus sinais.

— Passe-me outro capacete. Já lhe disse umas vinte e cinco vezes que não queria o meu, que é muito apertado.

Pois Deus sabe por qual mistério o crânio incha em altitude elevada. E um capacete normal em terra aperta os ossos, como um torno, a dez mil metros de altitude.

— Mas o seu capacete era outro, meu capitão. Troquei-o...

— Ah! Bom.

Resmungo a todo instante, mas sem nenhum remorso. Tenho muita razão! De resto, isso não tem a menor importância. Estes são os momentos em que se atravessa o próprio centro desse deserto interior do qual falava. Aqui, restam apenas as ruínas. Nem sequer tenho vergonha de desejar um milagre que viesse alterar o ritmo daquela tarde. A avaria dos laringofones, por exemplo. Os laringofones estão sempre avariados. Que lixos! Uma avaria nos laringofones evitaria que a nossa missão fosse sacrificada...

O capitão Vezin abordou-me com um ar sombrio, ele que, antes de partirmos, sempre abordava cada um de nós daquele jeito. Ele era encarregado, entre nós, das relações com os organismos de espionagem dos aviões inimigos. Tinha por missão informarmo-nos de seus movimentos. Vezin era um amigo por quem tinha muita afeição, mas era um profeta da desgraça. Temia-o apenas de olhá-lo.

— Meu velho — disse Vezin —, é muito preocupante, muito preocupante, muito preocupante!

De repente, sacou alguns papéis do bolso. Depois, com um olhar de desconfiança, prosseguiu:

— Para onde parte?

— Para Albert.

— Justamente. Justamente ali. Ah! É preocupante.

— Não seja tolo, o que há?

— Não pode partir!

Não posso partir! Essa é muito boa, Vezin! Que ele consiga junto ao nosso Deus-Pai uma avaria no laringofone!

— Não pode passar.

— Por qual motivo não posso passar?

— Porque há três missões alemãs de caça que se revezam permanentemente no céu de Albert. Uma, a 6 mil metros, outra, a 7 mil e quinhentos, uma terceira, a 10 mil. Nenhuma delas abandona o céu antes da chegada das substitutas. Constituem uma impossibilidade *a priori*. Vai meter-se em uma emboscada. E, ademais, olhe bem para isso!

E mostra-me um papel no qual rabiscara algumas demonstrações incompreensíveis.

Vezin faria melhor se me deixasse em paz. As palavras "impossibilidade *a priori*" causaram-me uma profunda impressão. Pensei nas luzes vermelhas e nas contravenções. Mas a contravenção, aqui, era a morte. Detestava aquele "*a priori*" mais do que tudo. Tinha a impressão de ser pessoalmente visado.

Fiz um grande esforço de inteligência. Era sempre *a priori* que o inimigo defendia suas posições, de modo que aquelas palavras não passavam de banalidades... Ademais, não dei a mínima para a caça. Quando descesse a 700 metros, era a DCA[10] que iria me abater. Não podia falhar! Eis-me bruscamente agressivo:

— Em suma, você vem anunciar-me, com toda urgência, que a existência de uma aviação alemã torna a minha partida extremamente imprudente! Corra para advertir o general...

Não teria custado muito a Vezin tranquilizar-me com gentileza, batizando os seus famosos aviões como "caças que perambulam pelos lados de Albert..."

O sentido era exatamente o mesmo!

---

10 Defesa Antiaérea Francesa.

CAPÍTULO IV

ESTAVA TUDO PRONTO. Já estávamos a bordo. Faltava experimentar os laringofones.

— Ouve-me bem, Dutertre?
— Ouço-o perfeitamente, meu capitão.
— E você, metralhador, ouve-me bem?
— Eu... sim... muito bem...
— Dutertre, você o escuta bem, o metralhador?
— Ouço-o perfeitamente, meu capitão.
— Metralhador, você ouve bem o tenente Dutertre?
— Eu... Sim... Muito bem.
— Por que você diz sempre: "Eu.. Sim... Muito bem"?
— Procuro o meu lápis, meu capitão.

Os laringofones não estavam avariados.
— Metralhador, a pressão do ar nos cilindros está normal?

— Eu... sim... normal.

— Nos três cilindros?

— Nos três cilindros.

— Preparado, Dutertre?

— Preparado.

— Preparado, metralhador?

— Preparado.

— Então, lá vamos.

E assim decolamos.

CAPÍTULO V

A ANGÚSTIA SE DEVIA à perda de uma identidade autêntica. Se espero uma mensagem de que depende a minha felicidade ou o meu desespero, sinto-me como que lançado ao nada. Enquanto a incerteza me mantiver em suspenso, os meus sentimentos e as minhas atitudes não passam de um disfarce provisório. O tempo já não cria, de segundo a segundo, como ele modela a árvore, o verdadeiro personagem que habitará em mim dentro de uma hora. Este eu desconhecido marcha ao meu encontro, desde o exterior, como um fantasma. E experimento, então, uma sensação de angústia. Uma má notícia não provoca angústia, mas sofrimento, algo completamente distinto.

Mas eis que o tempo deixou de correr em vão e, finalmente, estou instalado na minha função. Já não me imagino num futuro sem rosto, já não sou aquele que talvez lançasse uma gota d'água no turbilhão em chamas. O futuro já não me persegue como uma aparição estranha. De agora em diante, são os meus atos, uns após os outros, que o compõem. Sou eu quem controla a bússola para mantê-la nos 313 graus; quem regula a velocidade das hélices e o aquecimento do óleo. Trata-se de preocupações imediatas e saudáveis. São os cuidados da casa, os pequenos deveres do dia, que aumentam o sabor do envelhecer. O dia transforma-se na casa bem encerada, no assoalho bem polido, no oxigênio bem liberado. Com efeito, controlo o nível do oxigênio, porque subimos depressa: a 6.700 metros.

— Estamos bem de oxigênio, Dutertre? Você se sente bem?

— Tudo bem, meu capitão.

— Ei... metralhador, tudo certo com o oxigênio?

— Eu... Sim... Tudo bem, meu capitão...

— Ainda não conseguiu encontrar o lápis?

Também sou aquele que apoia o botão S e o botão A para o controle das minhas metralhadoras. A propósito...

— Ei, metralhador, você não avista uma grande cidade no seu campo de tiro pela retaguarda?

— Hum... não, meu capitão.

— Em frente. Teste as metralhadoras.

Ouço as rajadas.

— Funcionaram bem?

— Sim, saiu tudo bem.

— Todas as metralhadoras?

— Ah... Sim... Todas.

Era a minha vez de atirar. Pergunto a mim mesmo onde irão cair aquelas balas que despejamos sem escrúpulos ao largo dos campos amigos. Nunca matam ninguém; a Terra é grande.

Cada minuto que assim transcorre me alimenta com o seu conteúdo. Sinto-me tão pouco angustiado quanto um fruto que amadurece. É verdade que as condições de voo ao meu redor mudarão; as condições e os problemas. Mas sinto-me inserido na fabricação desse futuro. O tempo me modela pouco a pouco. A criança não se espanta por formar, pacientemente, um velho. É criança, e brinca com suas brincadeiras infantis. Também eu brinco: conto os quadrantes, as manivelas, os botões, as alavancas do meu reino. Consigo contar 103 objetos a verificar, puxar, rodar ou empurrar. (Somente trapaceei ao contar por dois o comando das minhas metralhadoras: é que este tinha uma cavilha de segurança). Essa noite deixarei boquiaberto o caseiro que me abriga. Direi a ele:

— Sabe quantos instrumentos um piloto de hoje deve controlar?

— Como espera que eu saiba?

— Isso não importa, fale um número.

— Que número quer que eu diga?

É que o meu caseiro não tem nenhum tato.

— Diga um número qualquer!

— Sete.

— Cento e três.

E ficarei contente.

Minha paz residia também no fato de que todos os instrumentos que então me estorvavam passaram a ocupar um lugar e a receber uma significação. Toda essa tripa de tubos e de cabos tornou-se uma rede de circulação. Sou um organismo que se estendeu ao avião. O avião fabrica o meu bem-estar quando faço rodar tal botão que aquece progressivamente as minhas roupas e o meu oxigênio. Ademais, o oxigênio é demasiado quente e me queima o nariz. Um instrumento complicado administra o oxigênio liberado de acordo com a altitude. E é o avião quem me alimenta, algo que me parecia desumano antes do voo, mas agora, amamentado pelo próprio avião, sinto uma espécie de ternura filial por ele, uma ternura de bebê.

Quanto ao meu peso, o mesmo distribui-se por dois pontos de apoio. A minha tripla camada de roupas sobrepostas e o meu pesado paraquedas dorsal apoiam-se no assento. Meus enormes sapatos repousam sobre o balancim. Minhas mãos cobertas por luvas espessas e duras, tão desajeitadas em terra, manobram facilmente o volante. Manobram o volante... Manobram o volante...

— Dutertre!

— ... Capi?

— Comece por verificar os seus contatos. Somente consigo ouvi-los aos solavancos. Consegue me ouvir?

— Entend... o senh... capi...

— Pois então sacuda toda essa tralha! Está me escutando?

A voz de Dutertre tornou-se clara:

— Escuto-o perfeitamente, meu capitão.

— Bom. Muito bem. Os comandos ainda hoje gelam: o volante é duro, mas o balancim está completamente imobilizado!

— É engraçado. Qual é a altitude?

— Nove mil e setecentos.

— O frio, que tal?

— Quarenta e oito graus. E você? O oxigênio, que tal?

— Está bem, capitão.

— Metralhador, tudo certo com o oxigênio?

Nenhuma resposta.

— Ei, metralhador?

Nada.

— Dutertre, você consegue ouvir o metralhador?

— Não ouço nada, meu capitão...

— Chame-o!

— Metralhador, ei, metralhador!

Nenhuma resposta.

Todavia, antes de mergulhar, sacudo brutalmente o avião para despertar o outro, na hipótese de que ele durma.

— Meu capitão?

— É você, metralhador?

— Eu... hum... sim... sou.

— Você não tem certeza disso?

— Tenho!

— Por que não respondeu, então?

— Estava testando o rádio, que tinha desligado!

— Você é um bastardo! Avisasse pelo menos! Estive a ponto de pousar, julgava-lhe morto.

— Eu... não.

— Creio em sua palavra, mas não me volte a pregar peças. Avise-me, santo Deus, antes de desligar!

— Perdão, meu capitão. Entendido, meu capitão. Avisarei.

É que a avaria no oxigênio é insensível ao organismo. Traduz--se por uma euforia vaga que termina, em poucos segundos, na perda dos sentidos e, no intervalo de alguns minutos, na morte. Por essa razão é indispensável que o piloto tenha o controle permanente do consumo do oxigênio, bem como do estado dos seus passageiros.

Aperto com pequenos movimentos o tubo de alimentação da minha máscara, a fim de sentir no nariz as lufadas quentes, portadoras da vida.

Em suma, desempenho o meu ofício. Não experimento nada além do prazer físico dos atos cheios de sentido que se bastam a si mesmos. Não experimento nem o sentimento de um grande perigo (sentia-me tão inquieto enquanto me vestia), nem o de um grande dever. Desta vez, o combate entre o Ocidente e o nazismo transforma-se, na escala dos meus atos, em uma ação sobre os manetes, as alavancas e as torneiras. É exatamente isso. Para o sacristão, o amor por seu Deus transforma-se no amor pelo acender de velas. O sacristão caminha a passos iguais por uma igreja que não vê, e fica satisfeito por florescer os candelabros, um após o outro. Quando todos estão acesos, ele esfrega as mãos de contentamento e enche-se de orgulho.

Quanto a mim, regulei admiravelmente a velocidade das minhas hélices e mantenho o leme... com aproximação de um grau. Dutertre ficará maravilhado caso se dê ao trabalho de olhar um pouco a bússola...

— Dutertre... eu... a orientação do leme... está certa?

— Não, meu capitão. Vai muito à deriva. Incline à direita.

Tanto pior!

— Meu capitão, estamos atravessando as linhas. Começarei a tirar as fotografias. Que altitude marca o seu altímetro?

— Dez mil.

CAPÍTULO VI

— CAPITÃO... A BÚSSOLA!

Exato. Inclinei à esquerda. Não foi por acaso. Era a cidade de Albert que me repelia. Diviso-a de muito longe, à minha frente, mas já pesava sobre o meu corpo com todo o peso da sua "impossibilidade *a priori*". Que memória se escondia sob a espessura dos membros! O meu corpo lembrou-se das quedas sofridas, das fraturas do crânio, dos comas viscosos como um xarope, das noites no hospital. O meu corpo tinha medo dos golpes. Procurava evitar Albert. Quando não o vigiava, inclinava à esquerda. Puxava para a esquerda tal como um velho cavalo que desconfiaria, por toda a vida, de um obstáculo que uma vez o amedrontara. Tratava-se do meu corpo... não do meu espírito... E quando eu estava distraído meu corpo aproveitava sorrateiramente a oportunidade e escamoteava Albert.

Não sentia nada que verdadeiramente me custasse. Já não desejava esquivar-me à missão. Ainda há pouco pensara em formular esse desejo. E disse a mim mesmo: "Os laringofones estarão avariados. Tenho muito sono. Irei dormir". E criei uma imagem maravilhosa desse leito de preguiça. No entanto, sabia que, lá no fundo, não havia nada a esperar de uma missão frustrada, a não ser uma espécie de desconforto azedo. Era como se uma muda necessária tivesse fracassado.

Aquilo me remetia aos tempos de colégio... de quando era pequeno...

— ... Capitão!

— Que há?

— Não, nada... acreditava ter visto...

Não me agrada nada o que ele acreditava ver.

Sim... Quando somos pequenos, no colégio, levantamo-nos cedo, às seis horas da manhã. Faz frio. Esfregamos os olhos e sofremos antecipadamente com a triste lição de gramática. É por essa razão que sonhamos em ficar doentes para despertar na enfermaria, onde religiosas de touca branca trarão tisanas açucaradas até a cama. E traçamos mil deslumbramentos sobre esse paraíso. Também é certo que, se apanhava um resfriado, tossia um pouco mais do que o necessário. E, quando acordava na enfermaria, ouvia a campainha tocar para os outros. Se excedesse na simulação, receberia uma boa punição daquela campainha: transformava-me em um fantasma. Ela soava, desde fora, as horas verdadeiras, as das aulas austeras, as dos recreios tumultuosos, as do calor do refeitório. Fabricava para os vivos, lá fora, uma existência densa, rica de mistérios, de impaciências, de júbilos, de pesares. Sentia-me roubado, esquecido, aborrecido pelas tisanas insípidas, pelo leite fresco e pelas horas sem rosto.

Não havia nada a esperar de uma missão frustrada.

CAPÍTULO VII

É VERDADE QUE, às vezes, como hoje, a missão não podia satisfazer. É tão evidente que participamos de um jogo que imita a guerra, que brincamos de polícia e ladrão. Observamos corretamente a moral dos nossos livros de História e a regra dos nossos manuais. E foi assim que percorri o acampamento de carro noite adentro; e a sentinela de guarda, no cumprimento do seu dever, cruzou a baioneta diante desse carro, como se este fosse um tanque! Brincamos de cruzar a baioneta diante dos tanques.

Como poderíamos nos entusiasmar com essas diversões tão cruéis, nas quais desempenhamos um evidente papel de figurantes e nos pediam que o desempenhemos até a morte! A morte é demasiado séria para que se brinque com ela.

Quem haveria de se vestir com entusiasmo? Ninguém. O próprio Hochedé, uma espécie de santo que atingiu esse estado de dádiva permanente e que é, sem dúvida, a realização do homem, o próprio Hochedé refugia-se no silêncio. Os camaradas que se vestem silenciam, então, de modo brusco, e não é por pudor de heróis. Esse modo brusco não oculta nenhum entusiasmo, diz exatamente o que diz, e sei reconhecê-lo. É a brusquidão do gerente que não compreende absolutamente nada das ordens que lhe foram ditas por um patrão ausente, mas que, apesar de tudo, permanece fiel. Todos os camaradas sonham com a calma do seu quarto, mas entre nós não há um único que, de fato, preferisse ir dormir!

O importante não é se entusiasmar. Não há nenhuma esperança de entusiasmo na derrota. O importante é vestir-se, subir a bordo e decolar. O que alguém pensa por si mesmo não tem nenhuma importância. E o menino que se entusiasmasse com a ideia das lições de gramática me pareceria pretensioso e suspeito. O que importa é se preparar para um objetivo que não se divisa de momento, objetivo que não está ao alcance da inteligência, e sim do espírito. O espírito sabe amar, mas dorme. Sei tão bem quanto um padre da Igreja em que consiste a tentação. Ser tentado é ter, quando o espírito dorme, a propensão a ceder facilmente às razões da inteligência.

Qual o sentido de que eu empenhe a minha vida nesse deslizamento de montanha? Não sei. Repetiram-me umas cem vezes: "Envolva-se nisso ou naquilo, que ali é o seu lugar; você será mais útil ali do que na esquadrilha. Os pilotos podem ser feitos aos milhares..." A demonstração era peremptória, como todas as demonstrações costumam ser. A minha inteligência aprovava, mas o meu instinto prevalecia sobre a inteligência.

Por que razão esse raciocínio parecia-me como algo ilusório quando nada lhe tinha a objetar? Dizia a mim mesmo: "Os intelectuais mantêm-se em reserva, como doces de compota dispostos nas prateleiras, para serem comidos depois da guerra..." Mas isso não era uma resposta!

Ainda hoje, a exemplo dos camaradas, decolei contra todos os raciocínios, contra todas as evidências, contra todas as reações do momento. Chegará a hora em que reconhecerei que tinha razão contra a minha razão. Se estiver vivo, prometi a mim mesmo esse passeio noturno por meio de minha aldeia. Quem sabe, então, eu me habitue finalmente comigo mesmo. E verei.

Talvez não tenha nada a dizer sobre o que verei. Quando uma mulher me parece bela, nada tenho a dizer. Vejo-a sorrir, apenas isso. Os intelectuais desmontam o rosto para explicá-lo por partes, mas já não veem o sorriso.

Conhecer não é demonstrar nem explicar. É alcançar a visão. Mas, para ver, convém primeiro participar. Trata-se de uma dura aprendizagem...

Minha aldeia pareceu-me invisível por todo o dia. Antes da missão, tratava-se de paredes de sapé e de camponeses mais ou menos sujos. Agora, trata-se de um pouco de cascalho a dez quilômetros abaixo de mim. Eis a minha aldeia.

Contudo, é possível que nesta noite um cão de guarda acorde e comece a latir. Sempre me deslumbrou a magia de uma aldeia que sonha alto, pela voz de um único cão de guarda na noite clara.

Não tenho nenhuma esperança em me fazer compreender o que me é absolutamente indiferente. Que se me mostre, simplesmente, com as suas portas fechadas sobre provisões de sementes, sobre o gado, sobre os costumes, a minha aldeia bem alinhada para dormir!

Os camponeses, de regresso dos campos, tendo encerrado a refeição, deitado os filhos e apagado o lampião, vão se dissolver no silêncio. E tudo deixará de existir, salvo — sob os belos e rijos lençóis camponeses —, os lentos movimentos de respiração, como uma ressaca ao mar depois da tempestade.

Deus suspende o uso das riquezas enquanto dura o balanço noturno. A herança que se guarda vai aparecer com mais clareza quando os homens repousarem com as mãos abertas para o jogo do inflexível sono que distende os dedos até o amanhecer.

Talvez, nessa altura, eu possa contemplar o que não leva nenhum nome. Terei marchado como um cego cujas palmas das mãos conduziram ao fogo. Ele não seria capaz de descrevê-lo e, no entanto, encontrou-o. Talvez se venha a mostrar desse modo o que convém proteger, o que não se vê de maneira alguma, mas que, à maneira de uma brasa sob as cinzas das noites de aldeia, perdura.

Nada tinha a esperar de uma missão frustrada. Para compreender uma simples aldeia, antes era preciso...

— Capitão!

— Sim.

— Seis caças, seis, adiante, à esquerda!

Aquilo soou como um trovão.

É preciso... é preciso... gostaria, no entanto, que a vida me pagasse com o tempo. Adoraria ter direito ao amor; adoraria saber por quem morro...

CAPÍTULO VIII

– METRALHADOR!
— Capitão?
— Você ouviu? Seis caças, seis, mais adiante, à esquerda!
— Entendido, capitão!
— Dutertre, eles nos viram?
— Viram-nos. Viraram em nossa direção. Voamos a quinhentos metros acima deles.
— Metralhador, ouviu? Voamos a quinhentos metros acima deles. Dutertre! Longes ainda?
— ... alguns segundos.
— Metralhador, você ouviu? Estarão ao nosso encalce dentro de alguns segundos.
Ali... já os vejo! Pequenos. Um enxame de vespas venenosas.
— Metralhador! Venha pelo lado oposto. Você irá percebê-los dentro de um segundo. Aí!
— Eu... não vejo nada. Ah! Vejo-os agora!

Já não os vejo mais!

— Perseguem-nos?

— Perseguem!

— Sobem depressa?

— Não sei... não creio... Não!

— O que o senhor decidiu, meu capitão? — Dutertre perguntou.

— O que você quer que eu decida?

E calamo-nos.

Não havia nada a decidir. Isso competia exclusivamente a Deus. Se eu virasse, encurtaria o intervalo que nos separava. Como íamos na direção do sol e não conseguiríamos, em elevada altitude, subir 500 metros sem perder alguns quilômetros sobre a presa, era possível que, antes de alcançar o nosso nível, onde recuperariam velocidade, já nos teriam perdido no sol.

— Metralhador, eles continuam?

— Sempre.

— Distanciamo-nos deles?

— Hum... não... sim!

Isso competia a Deus e ao sol.

Na previsão de um eventual combate (ainda que um Grupo de Caça deva antes assassinar do que combater), procuro, lutando contra ele com todos os meus músculos, desbloquear o meu balancim congelado. Experimento uma estranha sensação, mas ainda tenho os caças sob a vista. E me apoio com todo o meu peso sobre os comandos rígidos.

Reparo que, de fato, estou muito menos emocionado nessa ação — que, no entanto, reduz-me a uma expectativa absurda — do que havia estado quando me preparava para a missão. Experimento também uma espécie de cólera. Uma cólera benfazeja.

Mas nenhuma embriaguez de sacrifício. Adoraria morder algo.

— Metralhador, livramo-nos deles?

— Livramo-nos sim, meu capitão.

Tudo correrá bem.

— Dutertre... Dutertre...

— Meu capitão?

— Não... nada.

— O que era, meu capitão?

— Nada... Pensava que... nada...

Não lhes direi nada. Não que esteja a lhes pregar uma peça. Se dou início a um giro, perceberão facilmente. Verão que se trata de algo sem importância... Não é natural que eu sue em bica a 50 graus negativos. Nada natural. Oh! Já entendi o que se passa. Devagar e muito tenuemente, vou perdendo os sentidos. De maneira suave... Ainda vejo o painel de instrumentos. Já não vejo o painel de instrumentos. Minhas mãos amolecem sobre o volante. Já nem sequer tenho força para falar. Abandono-me. Abandonar-se...

Apertei o tubo de borracha. Recebi pelo nariz a lufada portadora de vida. Não se trata, portanto, de uma pane do oxigênio. Trata-se... sim, pois claro. Fui estúpido. É o balancim. Fiz uma força de carregador ou de caminhoneiro sobre o meu balancim. A dez mil metros de altitude, portei-me como um lutador de feira. Ora, meu oxigênio estava calculado; devia usá-lo com discrição. Agora pago pela orgia...

Respiro com grande frequência. O meu coração bate muito depressa, acelerado. É como um guizo muito fraco. Nada direi à minha tripulação. Se ameaço dar um giro, em breve saberão! Vejo o painel de instrumentos... Já não o vejo mais... e sinto-me triste, em meio ao meu suor.

*

A vida retornou-me suavemente.

— Dutertre!...

— Meu capitão?

Gostaria de lhe confiar o que se passou.

— Pensei... que...

Todavia, renuncio a me expressar. As palavras consomem muito oxigênio, e as três palavras que pronunciei já bastaram para me sufocar. Não passo de um fraco, de um débil convalescente...

— Que houve, meu capitão?

— Não... nada.

— Meu capitão, o senhor é realmente enigmático!

Sou enigmático, mas estou vivo.

— ... não... não nos... conseguiram...

— Oh! meu capitão, é breve!

É breve: aí temos Arras.

Assim, por alguns minutos pensei que não regressaria e, no entanto, não observei em mim essa angústia escaldante que, segundo dizem, embranquece os cabelos. Recordo-me de Sagon e de seu testemunho quando o visitamos alguns dias depois do combate que o abatera, havia dois meses, na zona francesa. O que ele experimentara quando, cercado pelos caças e, em certa medida, cravado em seu poste de execução, tinha chegado a considerar-se morto nos dez segundos?

CAPÍTULO IX

VEJO-O COM TODA A NITIDEZ, deitado na sua cama de hospital. Seu joelho foi preso e quebrado pela empenagem do avião durante o salto de paraquedas, mas Sagon não sentiu o choque. Tinha o rosto e as mãos gravemente queimadas, mas, no fim das contas, não sofreu nada de inquietante. Contou-nos lentamente a sua história, com uma voz normal de quem presta contas de seu dever.

— ... Dei-me conta de que eles atiravam quando me vi envolvido por balas luminosas. O meu painel de bordo estourou. Em seguida, notei um pouco de fumaça, não muita, que parecia vir da parte da frontal. Pensei que fosse... vocês sabem que há ali um tubo de conexão... Oh! Mas não ardia muito...

Sagon franziu os lábios, pesou a questão e considerou importante dizer-nos se aquilo ardia muito ou não. Hesitou:

— De qualquer maneira... era fogo... Disse-lhes, então, para que saltassem...

Porque o fogo transforma um avião em uma tocha em dez segundos!

— Abri então o alçapão de partida. Errei, pois a abertura deixou entrar o ar... o fogo... Fiquei incomodado.

Uma caldeira de locomotiva cuspiu-lhe a partir de seu ventre uma torrente de chamas a 7 mil metros de altitude, e isso o incomodou! Não trairei Sagon, seja exaltando o seu heroísmo, seja exaltando o seu pudor. Ele não haveria de reconhecer nem um, nem outro. Diria apenas: "Sim, sim, fiquei incomodado...". Além disso, fazia grande esforço para ser exato.

Sei perfeitamente que o campo da consciência era minúsculo, que não aceitava senão um problema de cada vez. Se você luta com os punhos e a estratégia de luta o preocupa, você não leva murros. Quando, no decurso de um acidente de hidroavião, acreditei que me afogava, a água, que era gelada, pareceu-me morna. Ou, mais exatamente, a minha consciência não considerou a temperatura d'água. Estava absorvida por outras preocupações. A temperatura d'água não deixou o menor traço na minha memória. Da mesma maneira, a consciência de Sagon via-se absorvida pela técnica da saída. O universo de Sagon limitava-se à manivela que comandava a tampa corrediça, a certa manopla do paraquedas cuja localização o preocupou, e ao destino técnico de sua tripulação. "Vocês já saltaram?" Nenhuma resposta. "Há alguém a bordo?" Nada de resposta.

— Acreditei que estava sozinho, que podia partir... (já tinha o rosto e as mãos assadas). Ergui-me, passei sobre a carlinga e aguentei-me um pouco por cima de uma asa. Uma vez ali, inclinei-me para frente: não avistei o observador...

O observador, que o tiroteio dos caças matara instantaneamente, jazia no fundo da carlinga.

— Dei, então, um passo para trás, e não vi o metralhador...

Também o metralhador tinha sido abatido.

— Julguei que estava sozinho...

E continuou:

— Se eu soubesse... teria podido subir a bordo... pois as chamas não eram tão violentas... fiquei assim durante muito tempo sobre a asa... Antes de deixar a carlinga, regulara o avião de modo a ficar empinado. O voo era correto, o ar suportável, e sentia-me à vontade. Oh, sim, fiquei muito tempo sobre a asa... Não sabia o que fazer...

Não que se pusessem a Sagon problemas inextricáveis: julgava-se sozinho a bordo, o avião ardia e os caças iam e vinham salpicando projéteis. O que Sagon queria nos dizer é que não sentia nenhum desejo, não sentia nada. Dispunha de todo o seu tempo, banhava-se em uma espécie de lazer infinito. E, ponto por ponto, eu reconhecia a extraordinária sensação que acompanha, às vezes, a iminência da morte: um lazer inesperado... Quão desmentida pela realidade era a ideia que se tinha da ofegante precipitação! Sagon permanecia ali, em cima da asa, como se o tivessem lançado para fora do tempo!

— E depois saltei — contou ele —, mas saltei mal. Vi-me em um turbilhão. Temi enroscar-me no paraquedas ao abri-lo muito precocemente. Esperei estabilizar-me. Oh! esperei durante muito tempo...

Sagon conservava a lembrança de ter esperado do princípio ao fim de sua aventura. Esperou queimar-se mais. E, depois, em cima da asa, esperou não se sabe o quê. E, em queda livre, na vertical em direção ao solo, esperou ainda.

Via-se perfeitamente que se tratava de Sagon, e que se tratava mesmo de um Sagon rudimentar, mais ordinário do que de costume, de um Sagon um pouco perplexo e que, sobre um abismo, pisava aborrecido.

CAPÍTULO X

FAZIA DUAS HORAS QUE nos havíamos banhado em uma pressão exterior reduzida a um terço da pressão normal. Pouco a pouco, a tripulação se desgastou; mal falávamos uns com os outros. Com prudência, ainda tentei uma ou duas vezes exercer uma ação sobre o meu balancim. Não insisti, pois todas as vezes senti-me penetrado pela mesma sensação de doçura extenuante.

Dutertre, em vista das viragens que a fotografia exigia, avisou-me com muita antecipação. Virei-me como podia com o que restava do volante. Inclinei o avião e puxei-o para mim, obtendo para Dutertre viragens em vinte episódios.

— Qual a altitude?

— Dez mil e duzentos...

Sigo pensando em Sagon... Homem é sempre homem. Nós somos homens. E, em mim, nunca encontrei nada a não ser eu mesmo. Sagon apenas conheceu Sagon. Aquele que morre, morre como sempre foi. Na morte de um mineiro comum, quem morre é um mineiro comum. Onde encontramos essa demência obstinada que os literatos inventam para nos impressionar?

Na Espanha, vi o resgate de um homem, depois de alguns dias de trabalho, do sótão de uma casa desmantelada por uma bomba. A multidão rodeava-o em silêncio e parecia-me, com uma súbita timidez, aquele que voltava quase do além, ainda coberto pelos entulhos, meio embrutecido pela asfixia e pelo jejum, semelhante a uma espécie de monstro extinto. Quando alguns se atreveram a interrogá-lo e ele prestou uma débil atenção às perguntas que lhe faziam, a timidez da multidão converteu-se em mal-estar.

Tentavam abri-lo com chaves que não serviam, pois o verdadeiro interrogatório ninguém o sabia formular. Diziam-lhe: "O que você sentia... o que você pensava... o que fazia...?". Assim, lançavam ao acaso pequenas passarelas por cima de um abismo, como teriam recorrido a uma primeira convenção para atingir, em sua noite, o cego, surdo-mudo que gostariam de socorrer.

Contudo, assim que o homem conseguiu nos responder, ele comentou:
— Ah! Sim, ouvi grandes estalos...
Ou ainda...
— Estava muito preocupado. Bastante tempo... Ah, muito longo...
Ou ainda...
— Doíam-me os rins, sentia-me muito mal...
E aquele homem valente apenas nos falava do homem valente. E falou-nos, sobretudo, do relógio que perdera...
— Eu o procurei... gostava muito dele... mas no escuro...
O certo é que a vida lhe havia mostrado a sensação do tempo que se esvai ou o amor dos objetos familiares. Valia-se, então, do homem que era para sentir o seu universo, embora fosse o universo de uma derrocada noturna. E da pergunta fundamental que ninguém sabia-lhe fazer, mas que orientava todas as tentativas:

ANTOINE DE SAINT-EXUPÉRY

"Quem é você? Quem surgiu em si?", nada pudera responder, a não ser: "eu mesmo...".

Não havia circunstância que conseguisse despertar em nós um estranho de cuja existência nem sequer teríamos suspeitado. Viver é nascer lentamente. Seria demasiado simples receber almas já acabadas!

Às vezes, uma súbita iluminação parece criar uma bifurcação de um destino. Mas a iluminação não passa de uma visão instantânea que o espírito tem de um caminho lentamente preparado. Aprendi lentamente a gramática, exercitaram-me na sintaxe, despertaram os meus sentimentos e eis que um poema me bateu bruscamente à porta do coração.

É verdade que, neste momento, não sinto amor nenhum, mas, se me for revelada qualquer coisa nesta noite, é porque terei levado as minhas pedras para a construção invisível. Preparo uma festa. Não terei o direito de falar de aparição súbita de outro em mim que não seja eu, pois esse outro sou eu quem o edifica.

Nada tenho a esperar da aventura da guerra, a não ser essa lenta preparação. Há de recompensar-me mais tarde, assim como a gramática...

A vida embotou-se em nós por inteiro em razão dessa lenta usura. Envelhecemos, a missão envelhece. Qual é o preço da elevada altitude? Uma hora vivida a dez mil metros equivale a uma semana, três, um mês de vida orgânica, de exercício do coração, dos pulmões, das artérias? Pouco importa, aliás. Os meus semidesmaios acrescentaram-me séculos de idade: banho-me na serenidade dos anciãos. As emoções de quando me vestia parecem-me infinitamente longínquas, perdidas no passado. Arras, infinitamente longínqua no futuro.

A aventura da guerra? Mas onde é que há aventura de guerra? Há dez minutos, estive prestes a desaparecer e não tenho nada a contar, a não ser essa passagem de vespas minúsculas que avistei durante três segundos. A verdadeira aventura teria durado um décimo de segundo. E nenhum de nós voltaria; jamais voltaríamos para contar.

— O pé um pouco à esquerda, meu capitão.

Dutertre esqueceu que o meu balancim estava congelado! De minha parte, pensei em uma gravura que me deslumbrou durante a infância. Nela se via, sobre um fundo de aurora boreal, um extraordinário cemitério de navios perdidos que, imobilizados nos mares austrais, abriam, sob a luz cinzenta de uma espécie de noite eterna, uns braços cristalizados. Em uma atmosfera morta, ostentavam ainda velas que tinham conservado a marca do vento, assim como um leito conserva a marca de um ombro terno. Mas sentimo-las hirtas e quebradiças.

Aqui, tudo estava congelado. Os meus comandos estavam congelados, minhas metralhadoras estavam congeladas, e, quando interroguei o metralhador acerca das suas...

— As suas metralhadoras?

— Nada mais.

— Ah! Bom.

No tubo de expiração da minha máscara, cuspi agulhas de gelo. De tempos em tempos, vi-me obrigado a golpear, por meio da borracha maleável, a calota de gelo que me sufocava. Quando apertava, senti-a ranger na palma da mão.

— Metralhador, que tal o oxigênio?

— Vai bem.

— Qual a pressão nos balões?

— Hum... setenta.

— Ah! Bom.

Até o próprio tempo congelou para nós. Éramos três velhos de barba branca. Nada é móvel. Nada é urgente. Nada é cruel.

A aventura da guerra? Certa vez, o comandante Alias acreditou que deveria me dizer :

— Trate de ter cuidado!

Cuidado com o quê, comandante Alias? Os caças caem sobre você como raios. O grupo de caça, que tem uma vantagem de mil e quinhentos metros de altitude sobre você, assim que o descobre sob si, dispõe de todo o tempo. Dá voltas, orienta-se, desloca-se. Você, você ainda ignora tudo, não passa de um rato aprisionado na sombra da ave de rapina. O rato imagina que vive. Por mais que ainda brinque em meio aos trigais, já se encontra prisioneiro da retina do gavião, mais colado a essa retina do que a uma cola, porque o gavião não vai deixá-lo mais.

Do mesmo modo, você continua a pilotar, a sonhar, a observar o sol, quando o imperceptível sinal negro que se formou na retina de um homem já o condenou.

Os nove aviões do Grupo de Caça oscilarão verticalmente o quanto quiserem. Possuem todo o tempo a seu favor. A novecentos quilômetros por hora, dispararão esse prodigioso tiro de arpão que nunca erra a sua presa. Uma esquadrilha de bombardeamento constitui uma potência de tiro que oferece possibilidades de defesa, mas a tripulação de reconhecimento, isolada em pleno céu, nunca consegue triunfar sobre as setenta e duas metralhadoras que somente se revelam pelo rastro luminoso de suas balas.

Precisamente, no momento em que você se dá conta do combate, o caça, depois de inocular seu veneno de um único golpe, como a cobra, já neutra e inacessível, irá dominá-lo. As cobras assim se movem, lançam o seu jato e retomam ao seu balanço.

E, quando o grupo de caça acaba de desaparecer, nada mudou ainda, nem sequer os rostos. Eles mudam, agora que o céu está vazio e se fez a paz. O caça é agora uma simples testemunha imparcial, quando da carótida seccionada do observador escapa o primeiro espasmo de sangue, quando, do capô do motor direito, filtra-se, hesitante, a primeira chama da forja. Quando o veneno penetra no coração e o primeiro músculo do rosto estremece, a cobra já se enrolou. O grupo de caça não mata, ele semeia a morte, que germina depois de sua passagem.

Cuidado com o quê, comandante Alias? Quando passamos pelos caças, nada tive de decidir. Poderia nem sequer tê-los reconhecido. Se eles me tivessem dominado, jamais os teria visto!

Cuidado com o quê? O céu está vazio.

A terra está vazia.

Já não há mais homem quando o observamos a uma distância de dez quilômetros. As passadas do homem já não são vistas nesta escala. Os nossos aparelhos fotográficos de longo alcance apenas nos servem de microscópio. É necessário um microscópio para apreender não o homem — pois ele ainda escapa a esse instrumento —, mas os sinais da sua presença, os caminhos, os canais, os comboios, as barcaças. O homem semeia uma lamela de microscópio. Sou um sábio glacial, e a guerra deles, para mim, é somente um estudo de laboratório.

— Estão atirando, Dutertre?

— Penso que sim.

Dutertre não sabe de nada. As explosões são tão longínquas, e as manchas de fumo confundem-se de tal maneira com a Terra que não podem pensar em nos abater com um tiro tão impreciso. A dez mil metros, somos praticamente invulneráveis. Atiram para nos localizar e, talvez, orientar a caça sobre nós, uma caça perdida no céu como uma poeira invisível.

Do solo eles nos distinguem graças à echarpe de madrepérola branca de um avião que, voando em elevada altitude, arrasta uma espécie de véu de noiva. O abalo devido à passagem do bólido cristaliza o vapor d'água da atmosfera. E, atrás de nós, estendemos uma nuvem de agulhas de gelo. Se as condições exteriores são propícias à formação de nuvens, esse rastro engrossará lentamente, transformando-se depois na nuvem da tarde que cobre os campos.

Os caças orientam-se na nossa direção por meio do rádio de bordo, dos maços de explosões e, finalmente, do luxo suntuoso de nossa echarpe branca. E, no entanto, navegamos em um vazio quase sideral.

Sei perfeitamente que navegamos a 530 quilômetros por hora... Apesar disso, tudo se tornou imóvel. A velocidade mostra-se em um campo de corridas. Aqui, porém, tudo mergulha no espaço. Apesar dos seus 42 quilômetros por segundo, a Terra faz lentamente a sua volta ao redor do Sol. Leva um ano para fazê-la. Também nós, talvez, participemos bem devagar desse exército de gravitação. A densidade da guerra aérea? Partículas de poeira em uma catedral! Grãos de poeira que também somos, atraímos, talvez, para nós, algumas dezenas ou centenas de grãos de poeira. E toda essa cinza, como o pó de um tapete sacudido, sobe lentamente nos raios do sol.

Cuidado com o quê, comandante Alias? Nada vejo na vertical, a não ser bibelôs de outra época, sob um cristal puro que não tremula. Debruço-me sobre as vitrines de museu, mas elas já se apresentam contra a luz. Muito longe, à nossa frente, ficam sem dúvida Dunquerque e o mar. Mas, em inclinação, sou incapaz de distinguir grande coisa. O sol está agora muito baixo e domino uma grande placa resplandecente.

— Consegue ver alguma coisa por meio dessa porcaria, Dutertre?
— Na vertical, sim, meu capitão...
— Ei, metralhador, algo de novo sobre os caças?
— Nada de novo...

Na verdade, ignoro completamente se somos ou não perseguidos e se nos avistam ou não, do solo, arrastar uma coleção completa de grinaldas semelhantes à nossa.

As "grinaldas" fazem-me sonhar. Vem-me à cabeça uma imagem que eu considero encantadora: "...inacessíveis, como uma mulher extraordinariamente linda, prosseguimos o nosso destino, arrastando devagar o nosso vestido a reboque das estrelas de cristal..."

— Pise um pouco à esquerda!

Essa é a voz da realidade. Mas regresso à minha poesia barata: "... Esse giro provocará a viragem de um céu repleto de apaixonados..."

O pé à esquerda... o pé à esquerda... Se eu pudesse!

A mulher extraordinariamente bonita faz o giro em falso.

— Se o senhor cantar... a morte é certa... meu capitão.

Terei cantado?

Dutertre, aliás, tira-me todo o gosto da música ligeira:

— Quase terminei as fotos. Em breve poderá descer na direção de Arras.

Poderei... poderei... certamente! É preciso aproveitar as ocasiões.

Caramba! As manoplas do gás também estão congeladas...

E disse a mim mesmo:

"Nesta semana, apenas uma em cada três missões conseguiu voltar. Portanto, é grande a densidade do perigo na guerra. Todavia,

ANTOINE DE SAINT-EXUPÉRY

se estivermos entre os que regressam, não teremos nada para contar. Outrora vivenciei algumas aventuras: a criação das linhas postais, a dissidência saariana, a América do Sul[11]... Mas a guerra não é uma autêntica aventura, não passa de um substituto de aventura. A aventura repousa sobre a riqueza dos laços que estabelece, dos problemas que propõe, das criações que provoca. Não basta, para transformar em aventura o simples jogo de cara ou coroa, apostar a vida e a morte nele. A guerra não é uma aventura. A guerra é uma doença, como o tifo."

Talvez eu logre compreender mais tarde que a minha única verdadeira aventura de guerra foi aquela do meu quarto de Orconte.[12]

---

11 Experiências vividas a partir de 1926 — ano em que foi admitido pela sociedade Latécoère (também conhecida como *L'Aéropostale*), célebre pelos pioneiros serviços aéreos postais e/ou de transporte de passageiros civis em escala transatlântica — e retratadas em seus romances de aviação, em especial na trilogia *Courrier Sud* (*Correio do Sul*, 1929), *Vol de Nuit* (*Voo noturno*, 1931) e *Terre des Hommes* (*Terra dos homens*, 1939).
12 Cidade do departamento de La Marne situada a 193 quilômetros ao leste de Paris e que serviu de base para o Grupo de Reconhecimento 2/33 no início da guerra.

CAPÍTULO XI

NO RUDE INVERNO DE 1939, meu Grupo esteve acantonado em Orconte, aldeia dos arredores de Saint-Dizier. Vivia ali em uma granja de paredes de adobes. Durante a noite, a temperatura caía o suficiente para transformar a água do meu jarro rústico em gelo, e o meu primeiro ato, antes de me vestir, era evidentemente atiçar o fogo. Contudo, esse gesto exigia que eu saltasse dessa cama onde me sentia quente e onde me enrolava prazerosamente como uma bola.

Nada me parecia tão maravilhoso quanto aquele simples leito de mosteiro, naquele quarto vazio e gelado. Era lá que eu aproveitava a paz do repouso depois das duras jornadas. Além da segurança. Nada me ameaçava por lá. Durante o dia, o meu corpo via-se exposto aos rigores das elevadas altitudes e aos projéteis perfurantes, de modo que poderia ser transformado em ninhos de sofrimento ou ser injustamente dilacerado. Durante o dia, meu corpo não me pertencia. Deixava de me pertencer. Podiam arrancar-lhe os membros ou tirar-lhe o sangue. Porque é ainda um fato de guerra que este corpo transforme-se em um armazém de acessórios que já não nos pertencem. Chega o meirinho e reclama as pernas. E cedei-lhe o vosso dom de andar. Chega o meirinho com a sua tocha e reclama toda a carne do vosso rosto. E passais a ser simplesmente um monstro, depois de lhe terdes cedido, como resgate, o vosso dom de sorrir e de manifestar a vossa amizade aos homens. Também esse corpo, que durante o dia podia revelar-se um inimigo e fazer-me mal, podia transformar-se em fábrica de lamentações, ainda era, afinal, meu amigo obediente e fraternal, tão enrolado nos lençóis como uma bola nesse sono leve, sem confiar à minha consciência outra coisa a não ser o seu prazer de viver, o seu ronronar ditoso. Mas era preciso tirá-lo da cama e lavá-lo na água gelada, barbeá-lo e vesti-lo para oferecê-lo, com toda a correção, aos clarões de fundição. E esse saltar do leito parecia-se com o afastamento dos braços e dos seios maternos, de tudo o que, durante a infância, é rodeado de ternura, acariciado e protegido no corpo de um menino.

Até que, depois de ter pesado, amadurecido e protelado bastante a minha decisão, saltava de uma vez, com os dentes cerrados, até a chaminé, onde fazia desabar uma pilha de madeira que aspergia com gasolina. Uma vez acesa a lenha, e depois de ter conseguido, pela segunda vez, atravessar o meu quarto, enterrava-me novamente na cama, onde reencontrava o meu bom calor e donde, metido debaixo dos cobertores e do edredom até o olho esquerdo, vigiava minha chaminé. Inicialmente, o fogo quase não pegava, mas logo começavam os pequenos clarões que iluminavam o teto. E era uma autêntica festa que se organizava lá dentro da chaminé. Ela começava a crepitar, a roncar, a cantar. Era alegre como uma boda campesina, quando as pessoas começam a beber, a se aquecer e a se acotovelar umas às outras.

Ou então me parecia que o fogo benfeitor me protegia como um cão de pastor ativo, fiel e diligente que desempenharia bem suas funções. Ao olhar para ele, sentia um júbilo secreto. E quando a festa atingia o seu auge com a dança de sombras no teto e a cálida música dourada, quando, nos cantos, erguiam-se aquelas construções de brasas e o meu quarto estava completamente repleto desse mágico odor de fumo e de resina, trocava de um salto um amigo por outro, corria do meu leito para o meu fogo, dirigia-me para o mais generoso e não sei bem se tostava o ventre ou aquecia o coração. Entre as duas tentações, cedi covardemente à mais forte, à mais rutilante, àquela que, com a sua fanfarra e os seus clarões, fazia melhor sua publicidade.

Assim, por três vezes, primeiro para atear fogo à chaminé, depois para me deitar novamente, e, por fim, para recolher de novo a seara das chamas, atravessei, com os dentes a bater de frio, as estepes desertas e geladas do meu quarto, e soube algo das expedições polares. Feliz escala a da minha marcha por meio do deserto, agora recompensada com esse grande fogo, que dançava diante de mim e para mim a sua dança de cão pastor!

Essa história parece insignificante e, no entanto, foi uma grande aventura! Meu quarto mostrava-me, de modo transparente, aquilo que eu nunca teria podido descobrir se um dia tivesse visitado a granja na condição de turista. Não me teria comunicado nada além daquele vazio banal mobiliado apenas com uma cama, um jarro d'água e uma chaminé malfeita. Teria bocejado durante alguns minutos. Como teria logrado distinguir as suas três províncias, as suas três civilizações, a do sono, a do fogo e a do deserto? Como lograria pressentir a aventura do corpo, que, a princípio, era a de um corpo de criança agarrado ao seio materno mimado e protegido; depois, a de um corpo de soldado, feito para sofrer; por fim, a de um corpo de homem enriquecido pela alegria da civilização do fogo, o polo da tribo? O fogo honra o hóspede e os seus companheiros. Se eles visitam o seu amigo, também participam do seu festim, arrastam as cadeiras para junto da sua e, ao lhe comunicar os problemas do dia, as inquietações e as obrigações fastidiosas, dizem, enquanto esfregam as mãos e enchem seus cachimbos: "Apesar de tudo, quão agradável é o fogo!".

Mas já não há fogo que me faça acreditar na ternura. Não há quarto gelado que me faça acreditar na aventura. Desperto do engano. Nada mais resta senão um vazio absoluto, uma velhice extrema, uma voz que me diz, aquela voz de Dutertre obstinada no seu desejo quimérico:

— O pé um pouco à esquerda, meu capitão...

CAPÍTULO XII

EXERÇO CORRETAMENTE a minha missão, o que não impede que eu seja uma tripulação derrotada. Mergulho na derrota, que transpira por todos os lados, e até na minha mão levo um sinal dela. Os manetes do gás estão congelados. Estou condenado ao máximo de rotações do motor, e eis que esses dois pedaços de ferro-velho me oferecem problemas inextricáveis!

No avião que piloto, o aumento de rotações das hélices tem um limite demasiado baixo. Não posso pretender evitar, caso eu force o avião em rotação máxima, uma velocidade de cerca de oitocentos quilômetros por hora e uma forte aceleração dos meus motores. E a aceleração excessiva de um motor acarreta riscos de quebra.

Teoricamente, poderia cortar os contatos. Mas assim infligiria a mim mesmo uma avaria definitiva, uma avaria que levaria ao fracasso da missão e à possível perda do avião. Nem todos os terrenos são favoráveis à aterrissagem de um avião que faz contato com o solo a 180 quilômetros por hora.

Logo, é essencial destravar os manetes. Depois de um primeiro esforço, consigo destravar o da esquerda, mas o da direita segue resistindo.

Já me seria possível efetuar a descida a uma velocidade de voo tolerável, caso reduzisse ao mínimo o motor que já podia controlar, o da esquerda. Mas, se eu reduzisse o da esquerda, teria de compensar a tração lateral do motor da direita, o qual tenderia, era evidente, a fazer o avião rodopiar para a esquerda. Precisava evitar essa rotação. Ora, o balancim, do qual dependia a manobra, também estava totalmente congelado. Estava impossibilitado, portanto, de compensar qualquer coisa. Se reduzisse o motor da esquerda, entraria em parafuso.

Diante disso, não me restava recurso senão assumir o risco de ultrapassar, na descida, a velocidade teórica de quebra. Três mil e quinhentas rotações: risco de quebra.

Tudo isso é absurdo, nada funciona bem. O nosso mundo é todo ele feito de engrenagens que não se ajustam umas às outras. Não se trata de uma questão sobre os materiais, mas sobre o relojoeiro. Falta o relojoeiro.

Após nove meses de guerra, ainda não conseguíamos que as indústrias produtoras de metralhadoras e comandos os adaptassem ao clima das altitudes elevadas. E não era a incúria dos homens que enfrentávamos, pois os homens, em sua maior parte, são honestos e conscienciosos. Sua inércia, quase sempre, é um efeito, e não uma causa, da sua ineficácia.

A ineficácia pesa sobre todos nós como uma fatalidade. Pesa sobre a infantaria que encara os tanques com baionetas, sobre as tripulações que lutam na proporção de um contra dez e, inclusive, sobre aqueles que deveriam ter por missão modificar as metralhadoras e os comandos.

*

Vivemos no ventre cego de uma administração, que é uma máquina. Quanto mais perfeita, mais elimina o arbítrio humano. Em uma administração perfeita, onde o homem desempenha papel de uma engrenagem, a preguiça, a desonestidade, a injustiça já não podem causar estragos. Contudo, assim como a máquina é construída para administrar uma série de movimentos previstos de uma vez por todas, também a administração não cria mais do que isso. Limita-se a administrar. Aplica tal sanção a tal falta, tal solução a tal problema. Uma administração não está concebida para resolver problemas novos. Se introduzirmos bocados de madeira em uma máquina de embutir, não vão lhe sair quaisquer móveis. Para que a máquina se adapte, é preciso que o homem disponha do direito de transformá-la. Mas em uma administração concebida para remediar os inconvenientes do arbítrio humano, as engrenagens recusam a intervenção do homem. Elas recusam o relojoeiro.

Desde novembro que faço parte do Grupo 2/33. Tão logo cheguei, meus companheiros me advertiram:

— Você ainda há de passear na Alemanha sem metralhadoras nem comandos.

Em seguida, para me consolar:

— Acalme-se, você não perderá nada. Os caças sempre o derrubam antes de ser descobertos.

Em maio, seis meses depois, as metralhadoras e os comandos ainda congelavam.

*

Pensei em uma fórmula tão antiga quanto a minha pátria: "Na França, quando tudo parecia perdido, um milagre a salvava." Compreendi o porquê. Acontece muitas vezes que um desastre desbarata a bela máquina administrativa de tal modo que já não pode ser reparada e, na falta de algo melhor, substituem-na por simples homens. E os homens salvam tudo.

Quando um torpedo reduzir a cinzas o Ministério do Ar, deverão convocar urgentemente um cabo qualquer e lhe dirão: — Está encarregado de degelar os comandos. Tem todos os poderes, vire-se. Contudo, se em quinze dias eles ainda congelarem, irá para as grades.

Talvez, então, os comandos degelem.

Conheço centenas de exemplos dessa tara. Por exemplo, as comissões de requisição de um departamento do norte requisitaram novilhas prenhes, transformando assim os matadouros em cemitérios de fetos. Nenhuma engrenagem da máquina, nenhum coronel do serviço de requisições tinha qualidades para agir senão como engrenagem. Todos obedeciam a outra engrenagem, como um relógio. Qualquer revolta era inútil. Eis por que essa máquina, uma vez que começou a desarranjar, empregou-se alegremente em abater novilhas prenhes. Talvez isso fosse um mal menor. Porque teria podido, ao descompor-se mais gravemente, começar a abater os coronéis.

Sinto-me desencorajado até a medula por esse descalabro universal. Todavia, como me parece inútil explodir antecipadamente um de meus motores, exerço contra o manete da esquerda uma nova pressão. Em meio ao meu desgosto, exagero no esforço. Depois, resigno-me. O esforço custou-me uma nova estocada no coração. Decidido, o homem não foi criado para fazer atividade física a 10 mil metros de altitude. Sinto uma dor em surdina, uma espécie de consciência local despertada, de forma estranha, na noite dos sentidos.

Os motores irão pelos ares se quiserem. Diante disso, enlouqueço e esforço-me por respirar. Parece-me até que, se por acaso me distraísse, nem respiraria mais. Recordo dos foles de outras épocas com o auxílio dos quais se reanimava o fogo. Reanimo o meu fogo. Gostaria muito de convencê-lo a "pegar".

Que terei feito de irreparável? A 10 mil metros, um esforço físico um pouco mais rude pode ocasionar uma dilaceração dos músculos do coração. Um coração é algo muito frágil, deve servir por muito tempo. É um absurdo comprometê-lo em trabalhos tão grosseiros. É como se queimassem diamantes para cozinhar uma maçã.

CAPÍTULO XIII

ERA COMO SE QUEIMÁSSEMOS todas as aldeias do Norte sem que a destruição servisse para retardar ao menos meia jornada do avanço alemão. E, no entanto, essa provisão de aldeias, essas igrejas antigas, essas casas velhas e toda a sua carga de recordações, os seus assoalhos de nogueira envernizada, a bela roupa branca dos armários, os encaixes das janelas, que tinham servido sem se arruinar — tudo isso ardia sob os meus olhos, de Dunquerque a Alsácia.

Arder é um termo exagerado quando olhamos a uma altura de 10 mil metros, pois, das aldeias como das florestas, vê-se apenas uma fumaça imóvel, uma espécie de geada esbranquiçada. O fogo não passava de uma digestão secreta. A 10 mil metros de altitude, o tempo como que se atrasa, pois cessa o movimento. Não há mais chamas crepitantes, nem vigas estalantes, nem turbilhões de fumaça negra. Resta apenas esse leite acinzentado coalhado em âmbar.

Conseguirão curar a floresta? Conseguirão curar a aldeia? Visto donde me encontro, o fogo corrói com a lentidão de uma doença.

Também sobre isso há muito a dizer. "Não pouparemos as aldeias." Escutei bem a sentença, que era necessária. Em tempos de guerra, uma aldeia deixa de ser um nó de tradições. Nas mãos do inimigo, não passa de um ninho de ratos. Tudo muda de sentido. Como determinadas árvores de trezentos anos que abrigam a antiga casa de sua família, mas que estorvam o campo de tiro de um tenente de 22 anos de idade, de modo que ele envia 15 subordinados para reduzir a nada, dentro da sua casa, a obra do tempo. Bastam dez minutos de ação para consumir 300 anos de paciência e de sol, de religião da casa e de esponsais celebrados sob as folhas do parque. Você diz:

— As minhas árvores!

Mas ele não lhe dá a menor atenção: faz a guerra e está certo no que faz.

Mas ocorre que se incendeiam aldeias para jogar o jogo das guerras, assim como desmantelam-se os parques, sacrificam-se as tripulações e mobiliza-se a infantaria contra os tanques. E reina um mal-estar que não se pode exprimir, pois nada serve para nada.

O inimigo descobriu algo que era evidente e agora se dedica a explorá-lo. Os homens ocupam pouco espaço na imensidão das terras. Seriam necessários cem milhões de soldados para formar uma muralha contínua, razão pela qual há hiatos entre as tropas que, a princípio, são anulados pela mobilidade destas, mas, do ponto de vista da maquinaria blindada, um exército pouco motorizado é o mesmo que um exército imóvel. Os buracos constituem, portanto, autênticas aberturas. Daí essa regra simples de emprego tático: "A divisão blindada deve atuar como a água. Deve exercer uma ligeira pressão sobre a parede do adversário e limitar-se a progredir nos pontos em que não encontra resistência". É assim que os tanques pressionam contra as paredes e, como sempre, há buracos, eles sempre conseguem passar.

Ora, essas incursões de tanques que, na ausência de carros a combatê-los, circulam à vontade, trazem consigo consequências irreparáveis, ainda que produzam apenas destruições aparentemente superficiais, tais como capturas de Estados-Maiores locais, corte de linhas telefônicas, incêndios de aldeias. Têm desempenhado o papel de agentes químicos que destruiriam não o organismo, mas os nervos e os gânglios. No território que varreram como relâmpagos, o exército inteiro, ainda que na aparência quase intacto, perdeu as características de exército, pois se transformou em grupelhos independentes. Ali onde havia um organismo, restou apenas um conjunto de órgãos cujas ligações foram cortadas. Entre os grupelhos, o inimigo avançou como lhe aprouve — por mais combativos que fossem os homens. Um exército deixa de ser eficaz quando não é mais que uma soma de soldados.

Não se fabrica um material em 15 dias. Muito menos... A corrida armamentista não podia redundar senão em derrota, pois éramos 40 milhões de agricultores contra 80 milhões de industriais!

Dispomos de um homem para opor-se a três do inimigo, um avião a cada 10 ou 20 e, a partir de Dunquerque, um tanque contra cem. Nem sequer tínhamos tempo para refletir sobre o passado. Assistíamos simplesmente ao presente. O presente era assim. Nunca, em lugar algum, qualquer sacrifício poderia retardar o avanço alemão.

De modo que reinava uma espécie de má consciência de cima a baixo das hierarquias civis e militares — do encanador ao ministro, do soldado ao general —, a qual não sabia nem ousava exprimir-se. O sacrifício perderia toda a grandeza se não passasse de uma paródia ou um suicídio. Sacrificar-se é belo: morrem alguns para que outros se salvem. Desempenhamos o papel do fogo no incêndio; no campo entrincheirado, lutamos até a morte para dar tempo aos libertadores. Sim, mas faça o que fizer, o fogo tomará conta de tudo, e já não há campo onde se possa entrincheirar, nem libertadores por esperar. Parece que simplesmente provocamos o assassinato daqueles por quem combatemos ou pretendemos combater, porque o avião, que arrasa as aldeias na retaguarda das tropas, mudou a face da guerra.

Mais tarde ouvirei os estrangeiros censurarem a França pelas pontes não explodidas, pelas aldeias não incendiadas, pelos homens que não foram mortos. Mas é o contrário, é precisamente o contrário que me abala com tamanha violência, a saber, a nossa imensa boa vontade em tapar os olhos e os ouvidos, nossa luta desesperada contra a evidência. Ainda que não dê coisa com coisa, mandamos as pontes pelos ares, nem que seja para seguirmos no jogo. Para isso, queimamos aldeias de verdade; e é para seguir no jogo que os nossos homens morrem.

É certo que tudo isso se esquece! Esquecem-se as pontes e as aldeias, poupam-se os homens... Mas o drama dessa ruína é roubar todo o significado aos atos. Quem manda uma ponte pelos ares não pode fazê-lo a não ser com desgosto, pois esse soldado não atrasa o inimigo — que fabrica uma ponte em ruínas — e devasta o seu país para extrair dele uma bela caricatura de guerra!

Para que os atos se cumpram com fervor, é preciso que a sua significação se manifeste. É bonito queimar colheitas que sepultarão o inimigo em suas cinzas. Mas o inimigo, apoiado por 160 divisões, ri dos nossos incêndios e dos nossos mortos.

É preciso que o significado do incêndio da aldeia contrabalance o significado da aldeia. Ora, o papel da aldeia queimada não passa de um papel caricato.

É preciso que o significado da morte contrabalanceie a morte. Os homens enfrentam-se bem ou mal? A própria questão carece totalmente de sentido! Sabe-se que a defesa teórica de um burgo levará três horas! Os homens, no entanto, têm ordem de resistir.

Sem meios para combater, solicitam ao inimigo que destrua a aldeia, a fim de que se respeitem as regras do jogo da guerra. Como o adversário amável no jogo do xadrez: "Você se esqueceu de mexer este peão...".

E, a essa altura, desafiaremos o inimigo:

— Nós somos os defensores dessa aldeia. Vocês, os assaltantes. Adiante!

Compreendida a questão, uma esquadrilha arrasa a aldeia com um pequeno coice.

— Boa jogada!

É bem verdade que há homens inertes, mas a inércia é uma forma frustrada do desespero. É igualmente certo que há homens que fogem. O próprio comandante Alias, por duas ou três vezes, ameaçou com o seu revólver os destroços humanos encontrados nas estradas, que respondiam às suas perguntas de modo atravessado. Que vontade temos de ter em nossa mão o responsável por um desastre, justificando todas as coisas com sua supressão! Os desertores são responsáveis pela deserção, porque não haveria deserção alguma se não houvesse desertores. Se lhes apontamos o revólver, tudo sairá às mil maravilhas... Mas isso equivaleria a enterrar os doentes para suprimir a doença. Ao fim e ao cabo, o comandante Alias devolvia o seu revólver ao coldre e, de repente, seus olhos assumiam um aspecto excessivamente pomposo, como uma espada de ópera cômica. O homem via perfeitamente que aqueles tristes soldados eram o efeito e não a causa do desastre.

Alias sabia que os homens eram os mesmos, exatamente os mesmos que, ademais, aceitam a morte ainda hoje. Havia quinze dias, 150 mil aceitaram-na. Mas havia cabeças-duras que exigiam que se lhes fornecessem um bom pretexto.

E era muito difícil formulá-lo.

O corredor disputará a corrida da sua vida contra os corredores de sua categoria. Mas, logo na partida, repara que leva um grilhão de prisioneiro no pé, ao passo que os concorrentes são leves como asas. A luta já não significa nada. O nosso homem abandona:

— Isso não faz sentido...

— Faz sim! Faz sim!

Que se há de inventar para convencer o homem a entregar-se por inteiro, ainda que em uma corrida que já deixou de ser uma corrida?

Alias sabia perfeitamente o que pensavam os soldados:

— Isso não faz sentido...

Alias guardou o revólver e procurou por uma boa resposta.

Mas restava apenas uma boa resposta, somente uma. Desafio quem quer que seja a encontrar outra:

— A sua morte não mudará nada, a derrota está consumada. Todavia, convém que uma derrota se traduza em mortos, pois deve ser um luto. Você está a serviço para desempenhar o papel.

— Perfeitamente, meu comandante.

Alias não desprezava os fujões. Sabia muito bem que sua resposta sempre bastara. Também ele aceitava a morte, assim como seus tripulantes. Para nós, bastara essa resposta adequada, revelada com muito esforço:

— É bastante perturbador... Mas o Estado-Maior tem interesse nisso. Tem mesmo muito interesse nisso... é assim...

— Perfeitamente, meu comandante.

Creio que aqueles que morreram servem de caução aos outros.

CAPÍTULO XIV

ENVELHECI DE TAL MANEIRA que deixei tudo para trás. Olhei para a grande placa cintilante do meu para-brisas. Lá embaixo ficavam os homens. Infusórios sobre uma lâmina microscópica. Como era possível que alguém se interessasse pelos dramas da família dos infusórios?

Não fosse a dor no coração que me parecia tão viva, mergulharia em sonhos vagos, como um tirano decadente. Havia dez minutos inventara uma história de figurante, falsa de dar náusea. Por acaso, pensei nos ternos suspiros quando avistei os caças? Pensei em vespas de ferrão, isso sim. Como eram minúsculas aquelas porcarias.

E pensar que pude inventar uma imagem de um vestido de cauda sem que isso me perturbasse! Não pensei em vestido de cauda pela simples razão de que nunca consegui ver o meu próprio rastro! Desta carlinga onde estou encaixotado como um cachimbo num estojo, é-me impossível ver o que se passa por trás de mim.

Olho para trás pelos olhos do meu metralhador. Ainda assim! Se os laringofones não estivessem avariados! De modo que o meu metralhador nunca me disse: "Eis os nossos pretendentes apaixonados, atrás do nosso vestido de cauda...". Tudo isso não passa de ceticismo e charlatanice. Decerto, adoraria crer, assim como adoraria lutar e vencer, mas é difícil assumir a feição de quem crê, de quem luta e de quem vence, quando se incendeiam suas próprias aldeias; é bastante difícil extrair qualquer exaltação disso. Existir é muito difícil. O homem não passa de um nó de relações. Reparem que os meus laços já não valem grande coisa.

O que não funciona bem em mim? Qual é o segredo das mudanças? A que se deve o fato de, em circunstâncias diferentes, ser capaz de me perturbar com o que agora se me afigura abstrato e longínquo? Por que uma simples palavra, um simples gesto, podem dar voltas e voltas infinitas em determinado destino? Por qual razão, se sou Pasteur[13], os próprios movimentos dos infusórios podem parecer-me patéticos a ponto de uma lâmina microscópica aparecer como um território tão vasto quanto a floresta virgem, permitindo-me viver inclinado sobre ela a mais sublime das aventuras?

Por que esse ponto negro, que é uma casa de homens, está lá embaixo?

E sou tomado por uma recordação.

Quando eu era pequeno... mergulho fundo na minha infância. A infância, esse grande território do qual todos saímos! De onde

---

13 Louis Pasteur (1822-1895), cientista responsável pela descoberta do processo químico que conserva e elimina microrganismos patogênicos do leite, da cerveja e de outras bebidas (também conhecido como pasteurização), bem como da vacina antirrábica.

venho? Sou da minha infância. Sou da minha infância como se é de um país... Quando eu era pequeno, vivi uma experiência curiosa certa noite.

Tinha cinco ou seis anos. Eram oito horas. Oito horas, a hora em que as crianças devem dormir, sobretudo no inverno, pois já é noite! No entanto, haviam esquecido de mim.

Ora, ao rés do chão dessa grande casa de campo havia um vestíbulo que me parecia imenso, e o qual dava para o quarto quente em que nós, as crianças, jantávamos. Sempre temi aquele vestíbulo, talvez por causa da débil lamparina — mais sinal do que lamparina — que, disposta ao centro, mal conseguia arrancá-lo à sua noite, devido aos altos forros de madeira que crepitavam no silêncio, também em razão do frio. Porque se desembocava ali, com peças luminosas e quentes, como em uma caverna.

Mas, ao ver-me esquecido naquela noite, resolvi ceder ao demônio do mal: ergui-me na ponta dos pés até a fechadura da porta, empurrei-a suavemente e desemboquei no vestíbulo donde, sub-repticiamente, saí a explorar o mundo.

O crepitar dos forros, no entanto, soou aos meus ouvidos como uma advertência da cólera divina. Na penumbra, descobri vagamente os grandes painéis reprobatórios. Sem coragem para persistir, fiz o que pude para escalar uma cantoneira e, com as costas apoiadas contra a parede, ali fiquei, com as pernas caídas e o coração palpitante, como acontece com todos os náufragos, no recife, em pleno mar.

Foi quando se abriu a porta de um salão e dois de meus tios, daqueles que me inspiravam um terror sagrado, depois de terem fechado a porta atrás deles sobre o barulho e as luzes, começaram a passear ali.

Tremia com a ideia de ser descoberto. Um deles, Hubert, era para mim a própria imagem da severidade, um delegado da justiça

divina. Este homem, que jamais deu um piparote em uma criança, repetia-me, franzindo as sobrancelhas terríveis, em ocasião de cada um dos meus crimes: "Da próxima vez que eu for à América, trarei de lá uma máquina de açoitar. Conseguiram aperfeiçoar tudo na América. É por esse motivo que as crianças de lá são o bom senso em pessoa, assim como um grande descanso para os pais...".
Quanto a mim, não gostava nada da América.

E eis que os meus tios perambulavam, de um lado a outro, ao longo daquele vestíbulo glacial e interminável, sem darem conta de mim. Seguia-os com os olhos e os ouvidos, contendo a respiração e tomado pela vertigem. "A época atual...", diziam... e, com o seu segredo exclusivo dos adultos, distanciavam-se, enquanto repetia a mim mesmo: "A época atual...". Em seguida, voltavam como uma maré, que arrastava novamente na minha direção os seus indecifráveis tesouros. "É um absurdo", dizia um deles para o outro, "é completamente absurdo...". Eu recolhia a frase como um objeto extraordinário, e, para experimentar o poder das palavras sobre a minha consciência de cinco anos, repetia-a lentamente: "É um absurdo, é completamente absurdo..."

E então a maré afastava os tios, levando-os consigo. Esse fenômeno, que me abria perspectivas ainda mal definidas sobre a vida, reproduzia-se com uma regularidade estelar, como um fenômeno de gravitação. Encontrava-me bloqueado sobre a minha cantoneira por toda a eternidade, ouvinte clandestino de um conciliábulo solene, ao longo do qual os meus dois tios, que sabiam de tudo, colaboravam na criação do mundo. A casa podia aguentar ainda mil anos com aqueles dois tios que, percorrendo o vestíbulo com a lentidão de um pêndulo de relógio durante mil anos, continuariam a emprestar-lhe o sabor da eternidade.

*

ANTOINE DE SAINT-EXUPÉRY

Observo um ponto a 10 quilômetros de distância. É, sem dúvida, uma casa de homens. Não me diz nada. E, no entanto, talvez se trate de uma grande casa de campo, onde dois tios dão centenas de passos e percorrem lentamente, em uma consciência infantil, qualquer coisa tão fabulosa quanto a imensidão dos mares. Dos 10 quilômetros de altitude, descortino um território da envergadura de uma província e, no entanto, tudo se comprimiu até eu sufocar-me. Disponho de menos espaço do que disporia naquele grão negro.

Perdi o sentido da extensão, estou cego, mas sinto uma espécie de sede por ela, de modo que pareço tocar em uma medida comum a todas as aspirações humanas.

Quando um acaso desperta o amor, tudo no homem ordena-se de acordo com esse amor, e este lhe traz o sentimento da extensão. Quando eu vivia no Saara[14], se os árabes apareciam de noite ao redor dos nossos fogos e nos faziam ameaças longínquas, o deserto entrelaçava-se e assumia um sentido. Aqueles mensageiros tinham

---

14 Designado pela *Aéropostale* a empreender o transporte do correio entre as linhas Toulouse-Dacar e Casablanca-Dacar logo depois da admissão na companhia, em 1926, e promovido a chefe de escala do Cabo Juby, hoje Tarfaya (localizado ao sul de Marrocos), em 1927, Saint-Exupéry viveria no Marrocos até 1929, quando então parte para a América do Sul para dirigir as atividades da companhia postal, mais especificamente da Argentina. Merece destaque o fato de que o diplomático Saint-Exupéry foi responsável pela libertação de inúmeros pilotos acidentados no deserto do Saara, que eram mantidos como reféns pelos beduínos, o que lhe valeu o título de cavaleiro da Legião de Honra da aviação civil francesa, em 1930. Redigiu as obras *O aviador* e *Correio do Sul* durante esse período. Por fim, lembremos que Saint-Exupéry e o copiloto André Prévot sofreram um grave acidente na madrugada do dia 30 dezembro de 1935 no deserto do Saara — a bordo de um Caudron Simoun —, enquanto tentavam vencer o desafio lançado pelo Ministério do Ar da França, que consistia em empreender a rota Paris-Saigon em menos de 98 horas e 52 minutos. Piloto e copiloto sobreviveram milagrosamente à queda e ao intenso calor, seguido da falta de provisões, por longos quatro dias no deserto, até que foram encontrados e salvos por um beduíno. Isso explica por que o "pequeno príncipe" caiu exatamente no deserto do Saara.

construído a sua extensão. O mesmo acontece com a música quando é bela; com o simples cheiro do velho armário ao despertar e entrelaçar recordações. O patético está no sentimento da extensão.

Não obstante, compreendo também que nada do que concerne ao homem se conta ou se mede. A verdadeira extensão não é aferida pelo olhar, mas concedida apenas ao espírito: vale o mesmo que a linguagem, pois ela é o que liga as coisas umas às outras.

Parece-me que já sei entrever melhor o que é uma civilização. É uma herança de crenças, costumes e conhecimentos lentamente adquiridos ao longo de séculos e, não raro, difíceis de demonstrar pela lógica, mas que se justificam por si próprios, como caminhos que levam a alguma parte, porque abrem ao homem a sua extensão interior.

Uma má literatura falou-nos da necessidade de evasão. Com efeito, empreendemos viagem de fuga à procura da extensão. Mas a extensão não se encontra, funda-se, e a evasão nunca conduz a parte alguma.

Quando o homem, para se sentir homem, tem necessidade de participar de disputas ou de fazer guerra, trata-se de laços que ele se impõe a fim de se ligar a outrem e ao mundo. Mas que laços pobres! Se uma civilização é forte, ela basta para preencher o homem, ainda que este permaneça imóvel.

Em certa cidadezinha silenciosa, sob o céu cinzento de um dia chuvoso, diviso uma enferma internada. Ela medita recostada à janela. Quem é? O que lhe fizeram? Haveria de julgar a civilização da cidadezinha pela densidade daquela presença? O que valemos, uma vez paralisados?

No dominicano que reza, há uma presença densa. Esse homem nunca é mais homem do que quando ali o vemos prosternado e imóvel. Em Pasteur, que retém a respiração sobre o microscópio, há uma presença densa. Não há momento em que Pasteur seja mais homem do que quando observa. É nessa altura que ele progride, apressa-se e avança a passo de gigante, ainda que imóvel. Nesses instantes, descobre a extensão. Do mesmo modo Cézanne[15], imóvel e mudo diante do esboço, é de uma presença inestimável. Não há instante em que seja mais homem do que quando se cala, experimenta e julga. Então, a sua tela torna-se para ele mais vasta que o mar.

Extensão conferida pela casa de infância, pelo meu quarto de Orconte, a Pasteur pelo campo do seu microscópio, extensão aberta pelo poema, a todos os bens frágeis e maravilhosos que somente uma civilização distribui, pois a extensão é para o espírito, não para os olhos, e não há extensão sem linguagem.

Entretanto, como reanimar o sentido da minha linguagem no momento em que tudo se confunde, em que as árvores do parque são, ao mesmo tempo, navio para as gerações de uma família e um simples painel que estorva o artilheiro; em que a prensa dos bombardeios, que caem com todo o seu peso sobre as cidades, faz um povo inteiro correr ao longo das estradas, como um líquido negro; em que a França ostenta a sórdida desordem de um formigueiro devassado; em que se luta, não contra um adversário palpável, mas contra balancins que congelam, manetes que emperram, pernos que falham...

---

15 Trata-se do pintor pós-impressionista Paul Cézanne (1839-1906), cujo método de construção da forma por meio da cor (e a abordagem analítica da natureza que ignorava as leis da perspectiva clássica) influenciou sucessivas gerações de artistas de vanguarda do século XX, em especial os cubistas e os fauvistas.

— Pode descer!

Posso descer. Vou descer. Rumarei a Arras em baixa altitude. Tenho milhares de anos de civilização atrás de mim para ajudar-me, mas não me ajudam em nada. Certamente, não estamos na hora das recompensas.

A 800 quilômetros por hora e a 3.530 rotações por minuto, vou perdendo a altitude. Ao virar, deixei para trás um sol polar exageradamente vermelho. À minha frente, cinco ou seis quilômetros abaixo de mim, divisei um *iceberg* de nuvens de configuração retilínea. Uma parte inteira da França jaz sepultada em sua sombra. Arras jaz na sua sombra. Imagino que, por baixo do meu *iceberg*, tudo é escuridão. Trata-se do bojo de uma grande caçarola onde se cozinha a guerra. Engarrafamento de estradas, incêndios, materiais dispersos, aldeias arrasadas, desordem... uma imensa desordem. Agitam-se no absurdo, sob sua nuvem, como tatus de jardim sob sua pedra.

Essa descida parece-se com uma queda. Teremos de nos mover em sua lama. Regressamos a uma espécie de barbárie desbaratada. Ali embaixo, tudo se decompõe! Somos como ricos viajantes que, depois de ter vivido por muito tempo em terras de coral e de palmeiras, voltam arruinados para compartilhar, na mediocridade natal dos pratos gordurosos de uma família avara, do azedume das lutas intestinas, da perseguição dos meirinhos, das mesquinhas preocupações com o dinheiro, das falsas esperanças, das mudanças vergonhosas, das arrogâncias do dono, da miséria e da morte fétida do hospital. Ao menos aqui, a morte é asseada, uma morte de gelo e de fogo; de sol, de céu, de gelo e de fogo. Mas, lá embaixo, há apenas aquela digestão pela argila!

ANTOINE DE SAINT-EXUPÉRY

CAPÍTULO XV

— RUMO AO SUL, CAPITÃO. Faríamos melhor se liquidássemos a nossa altitude em zona francesa!

Ao observar as estradas negras, que já conseguia avistar, compreendi a paz. Na paz tudo está bem fechado em si mesmo. Ao cair da tarde, os aldeãos regressam para a aldeia, as sementes retornam aos celeiros, e guarda-se a roupa dobrada nos guarda-roupas. Nas horas de paz sabemos onde encontrar cada objeto, onde nos reunir com cada amigo, e também onde dormir à noite. Ah, a paz morre quando a estopa rasga, quando deixamos de ter lugar no mundo, quando não sabemos onde encontrar a quem se ama, quando o marido que está no mar não retorna.

A paz é a leitura de um rosto que se mostra por meio das coisas, quando estas receberam seu sentido e sua localização, quando participaram de algo mais vasto do que elas, como os minerais díspares da terra que vêm ligados à árvore.

Mas eis aqui a guerra.

*

Sobrevoo, portanto, as estradas negras de um interminável xarope que não cessa mais de escorrer. Dizem eles que evacuam as populações, mas isso já não é verdade, pois são elas que evacuam a si próprias. Há um contágio alucinado nesse êxodo; para onde se dirigem esses vagabundos? Empreendem a marcha para o Sul, como se lá houvesse alojamento e alimentação, como se lá houvesse ternura pronta para acolhê-los. Contudo, no Sul há apenas cidades abarrotadas de gente, onde se dorme nos hangares e as provisões se esgotam, onde os mais generosos tornam-se pouco a pouco mais agressivos devido ao absurdo dessa invasão que, aos poucos, como a lentidão de um rio de lodo, engole-os. Uma única província não é suficiente para alojar e alimentar a França!

Aonde vão? Nem eles sabem! Marcham sobre escalas fantasmas, pois, nem bem essa caravana aborda um oásis, este o deixa automaticamente de sê-lo. Os oásis desfazem-se cada um a seu turno, na medida em que deparam com a caravana. E, se a caravana aborda uma verdadeira aldeia que ainda apresenta sinais de vida, basta uma noite para que se lhe esgote toda a substância. Limpa-a como os vermes limpam um osso.

O inimigo progride mais depressa do que o êxodo. Veículos blindados avançam sobre certos pontos do rio que, em seguida, empasta-se e reflui. Há divisões alemãs que chafurdam nessa lama; deparamos com o surpreendente paradoxo de que os mesmos que em outros lugares matavam, agora dão de beber.

Durante a retirada, acantonamo-nos sucessivamente em uma dezena de aldeias. Misturamo-nos com a turba morosa que lentamente atravessa-as.

— Aonde vão?

— Não sabemos.

Nunca sabiam de nada. Ninguém sabia de nada. Evacuavam. Não havia nenhum refúgio disponível, nenhuma estrada praticável e, mesmo assim, evacuavam. Lá, ao Norte, deram um grande pontapé no formigueiro, e as formigas dispersavam-se — laboriosamente, sem pânico, sem esperança, sem desespero, como que por dever.

— Quem lhes deu a ordem para evacuar?

Era sempre o prefeito, o professor ou o secretário do prefeito. Em certa manhã, por volta das três horas, a palavra de ordem sacudiu bruscamente a aldeia:

— É preciso evacuar.

Já contavam com isso. Renunciaram a acreditar na eternidade da sua casa assim que viram passar os refugiados, havia 15 dias. Todavia, há muito que o homem deixara de ser nômade. Construía casas que duravam séculos; polia móveis que serviam aos bisnetos. A casa familiar recebia-o desde o nascimento e o transportava até a morte, e então, como um bom navio, passava por sua vez o filho de uma margem para outra. Mas tudo isso acabou! Iam-se embora sem ao menos saber por quê!

CAPÍTULO XVI

QUÃO ÁRDUA É A NOSSA experiência da estrada! Às vezes, temos por missão dar uma espiada, numa só manhã, sobre a Alsácia, a Bélgica, a Holanda, o Norte da França e o mar. Contudo, a maior parte dos nossos problemas é terrestre, e o mais frequente é que o horizonte nos estreite até se limitar ao engarrafamento em uma encruzilhada! Ainda não fazia três dias que Dutertre e eu tínhamos visto ruir a aldeia onde morávamos.

Nunca mais conseguiria desfazer-me dessa recordação pegajosa. Era cerca de seis horas da manhã quando, ao sair de casa, Dutertre e eu deparamos com uma desordem indescritível. Todas as garagens, todos os hangares, todas as granjas tinham vomitado nas ruas estreitas os artefatos mais diversos: carros novos e velhas carretas que, expiando no pó, dormiam havia cinquenta anos; carroças de feno e caminhões, ônibus e carretas basculantes. Se procurássemos bem, encontraríamos até diligências nessa feira. Todas as caixas montadas sobre rodas eram exumadas, despejando-se sobre elas os tesouros das casas, que, de forma desordenada, eram carregados para os carros em lençóis repletos de hérnias. E, assim, não significam mais nada.

Esses tesouros compunham o rosto da casa, eram os objetos de um culto de religiões particulares. Cada um no seu devido lugar, os hábitos tornaram-nos indispensáveis e, embelezados pelas recordações, valiam pela pátria íntima que contribuíram para fundar. No entanto, acreditaram que eram preciosos por si mesmos e arrancaram-nos de sua chaminé, de sua mesa, de sua parede; empilharam-nos a granel, de modo a não passarmos de objetos de bazar exibindo seu desgaste. Relíquias piedosas que nauseiam quando amontoadas!

Diante de nós, alguma coisa já se decompõe.

— Estão todos loucos por aqui! O que se passa?

A dona do café onde costumamos ir encolhe os ombros.

— Evacuamos.

— Por quê? Santo Deus!

— Não sabemos. São ordens do prefeito.

Estava muito ocupada, precipitava-se na escada. Dutertre e eu contemplamos a rua. Em cima dos caminhões, dos automóveis, das carroças, das diligências, uma mistura de crianças, colchões e utensílios de cozinha.

Os que mais suscitavam dó eram os automóveis velhos. Que sensação de saúde transmite um cavalo bem aprumado entre as barras de uma carroça! Um cavalo não precisa de peças de reposição. Com três pregos repara-se uma carroça. Mas ambos são vestígios de uma era mecânica! Até quando funcionarão esses aglomerados de pistões, válvulas, ímãs e engrenagens?

— Capitão... o senhor poderia dar-me uma ajuda?

— Certamente, no quê?

— Para tirar o carro do celeiro...

Olho espantado para ela:
— Mas... você não sabe guiar?
— Oh!... na estrada andará bem... é menos difícil...
Estão ela, a cunhada e os sete filhos...
Na estrada! Lá avançará vinte quilômetros por dia em etapas de duzentos metros! E, a cada duzentos metros, terá de frear, parar, desengatar, engatar, alterar a velocidade na confusão de um engarrafamento inextricável. Ela deverá quebrar tudo! Isso sem falar da gasolina e do óleo, que devem faltar, e até da água, que deve esquecer!
— Cuidado com a água. O seu radiador vaza muito.
— Ah! O carro já não é novo...
— Você terá de rodar por oito dias... como poderá fazê-lo?
— Não sei...
Pensei que a menos de 10 quilômetros dali, ela já teria batido em três carros, quebrado a embreagem, furado os pneus. Quando isso acontecesse, ela, a cunhada e os sete filhos desatariam a chorar. Em seguida, eles, dominados por problemas que superariam suas forças, renunciariam a decidir o que quer que fosse e iriam sentar-se à beira da estrada, à espera de um pastor. Mas os pastores...
Isso mesmo... Havia uma espantosa falta de pastores! Dutertre e eu assistimos às iniciativas das ovelhas, que se põem em marcha em meio a uma formidável algazarra de material mecânico. Três mil pistões. Seis mil válvulas. Todo esse material chiava, arranhava e colidia um contra o outro. A água fervia em alguns radiadores. Mas era assim que se punha em marcha, laboriosamente, aquela caravana condenada! Uma caravana sem peças sobressalentes, sem pneus, sem gasolina, sem mecânicos. Que insanidade!
— Não poderiam ter ficado em suas casas?
— Ah! Claro que gostaríamos de poder ficar em nossa casa!
— Então, por que se vão?

ANTOINE DE SAINT-EXUPÉRY

— Assim nos mandaram...

— Quem?

— O prefeito...

Sempre o prefeito.

— É lógico que gostaríamos todos de ficar em casa.

Está certo. Já não respiramos uma atmosfera de pânico, mas uma atmosfera de obrigação cega. Dutertre e eu aproveitamo-nos disso para sacudir alguns deles:

— Seria melhor que vocês descarregassem tudo isso. Ao menos beberiam a água de suas fontes...

— Certamente seria melhor!

— Mas vocês são livres!

Ganhamos a partida. Constituiu-se um grupo à nossa volta. Todos nos escutam e meneiam a cabeça em sinal de aprovação.

— O capitão tem toda razão!

Fui trocado por meus discípulos. Converti um cantoneiro que se mostra ainda mais entusiasta do que eu:

— Eu sempre disse! Uma vez na estrada, teremos de comer até asfalto.

Discutem entre si, chegam a um acordo. Ficam. Alguns se afastam para catequizar outros. Mas voltam desiludidos:

— É inútil. Somos obrigados a partir também.

— Por quê?

— O padeiro já se foi. Quem fará o pão?

A aldeia está desmantelada. Tudo correrá para o mesmo buraco, estando o mesmo aqui ou acolá. Não há esperança alguma.

Dutertre teve uma ideia:

— O drama é que convenceram os homens de que a guerra era anormal. Antigamente, continuavam em suas casas. A guerra e a vida misturavam-se...

A dona do café reapareceu carregando uma bolsa.

— Decolamos dentro de 45 minutos... Ainda tem um pouco de café?
— Ah! Meus pobres rapazes...
Diz isso enxugando as lágrimas. Oh! Não é por nós que ela chora, nem por ela própria, mas por cansaço. Sente-se tragada pelo descalabro de uma caravana que, a cada quilômetro percorrido, vai se desmantelar mais um pouco.

Mais adiante, em algum lugar dos campos, os caças inimigos cuspirão ocasionalmente em voos rasantes uma rajada de metralhadoras sobre esse lamentável rebanho. Todavia, o mais estranho é que normalmente não insistem muito. Alguns veículos ardem em chamas, mas são poucos e quase não há mortos. É uma espécie de luxo, algo parecido com um conselho ou com o gesto do cão que morde nas pernas para acelerar o rebanho — ou aqui, para semear a desordem. Mas por que, então, essas ações locais, esporádicas, que causam tão poucos danos? O inimigo pouco se importa em desmantelar a caravana, se bem que esta não necessita dele para se desmantelar: a máquina se desmantela espontaneamente; está concebida para uma sociedade tranquila, estacionária, que dispõe de todo o seu tempo. Quando o homem já não existe para consertá-la, regulá-la e pintá-la, ela envelhece a uma velocidade vertiginosa. Todos os carros terão logo mais à noite a aparência de quem possui mil anos.

Tenho a impressão de que assisto à agonia da máquina.

Um homem fustigava seu cavalo com a majestade de um rei. De seu assento, pavoneava-se pleno de alegria. Suponho, ademais, que já tivesse tomado algumas:

— Você me parece contente!
— É o fim do mundo!

Experimento um súbito mal-estar ao constatar que todos os trabalhadores, todas as pessoas humildes com funções tão bem definidas e qualidades tão diversas e preciosas, não passariam de parasitas e vermes logo mais à noite.

Iriam se espalhar pelos campos.

— Quem iria alimentá-los?

— Não sabemos...

Como abastecer milhões de emigrantes perdidos ao longo das estradas em que se circula à velocidade de cinco a vinte quilômetros por dia? Ainda que houvesse tal abastecimento, seria impossível transportá-los!

Essa mistura de humanidade e sucata traz-me à memória o deserto da Líbia. Prévot e eu vivíamos em uma paisagem inabitável, revestida de pedras negras que brilhavam ao sol, paisagem armada de uma carapaça de ferro...

Olho para aquele espetáculo com uma espécie de desespero: uma nuvem de gafanhotos abate-se sobre o asfalto e consegue sobreviver?

— E vocês vão esperar que chova para beber água?

— Sabe-se lá...

Havia dez dias que refugiados do Norte atravessavam incessantemente a aldeia; por dez dias assistiram a esse inexaurível êxodo. Chegou a vez deles. Ocupavam o seu lugar na procissão, mas sem confiança:

— De minha parte, preferia morrer em minha casa.

— Todos nós preferíamos morrer em casa.

E isso está certo. A aldeia inteira desmoronava-se como um castelo de areia, ainda que ninguém desejasse partir.

Se a França possuísse reservas, sua condução esbarraria irremediavelmente no engarrafamento das ruas. A rigor, sempre é possível, não obstante os carros avariados, os carros imbricados uns nos outros, os nós inextricáveis das encruzilhadas, descer com a onda, mas como subir contra a corrente?

— Como não há reservas — diz Dutertre —, está tudo resolvido... Corria o boato de que, desde o dia anterior, o governo proibira a evacuação de aldeias. Mas as ordens propagam-se, sabe Deus como, porque na estrada já não havia circulação possível. Quanto às linhas telefônicas, estavam obstruídas, cortadas ou eram suspeitas. De resto, não se tratava de dar ordens. Trata-se de reinventar uma moral. Havia milhares de anos que se ensinava aos homens que mulher e criança deviam ser subtraídas da guerra, que concernia apenas aos homens. Os prefeitos conheciam perfeitamente essa lei, assim como seus secretários e professores. De repente, receberam a ordem de proibir as evacuações, isto é, de obrigar mulheres e crianças a padecerem nos bombardeios. Precisariam de um mês para reajustar a consciência a esses novos tempos. Não se inverte de improviso todo um sistema de pensamento. Pois bem, o inimigo avançava, ao passo que os prefeitos, os secretários e os professores abandonavam o seu povo na estrada principal. O que era preciso fazer? Onde estava a verdade? E lá iam as ovelhas sem pastor.

— Não há nenhum médico por aqui?
— Você não é da aldeia?
— Não, viemos de um pouco mais ao Norte.
— Para que quer um médico?
— É a minha mulher que vai dar à luz na carroça...

Entre os utensílios de cozinha, no deserto daquela sucata universal, como sobre sarças.

— Mas não previram?
— Já estamos há quatro dias na estrada.

ANTOINE DE SAINT-EXUPÉRY

A estrada era um rio imperioso. Onde parar? As aldeias que ela varria, umas após as outras, esvaziavam-se, como se morressem em um esgoto comum.

— Não, não há médico. O do grupo está a 20 quilômetros.

— Ah! Bem.

O homem enxugou o rosto. Tudo ia por água abaixo. A mulher daria à luz no meio da rua, entre os utensílios de cozinha. Nada disso era cruel, embora, acima de tudo e em primeiro lugar, era monstruosamente alheio ao homem. Ninguém se queixava, as lamentações já não tinham significado. Sua mulher iria morrer, mas ele não se queixava. Assim acontecia. Tudo era reduzido a um pesadelo.

— Se ao menos pudéssemos parar em algum lugar...

Encontrar em qualquer parte uma aldeia, um albergue, um hospital... mas evacuaram também os hospitais, somente o santo Deus sabia por quê! Era a regra do jogo, não havia tempo para reinventar outras. Já não havia morte autêntica, apenas corpos que se desmanchavam como os automóveis.

Eu sentia em todas as partes uma urgência estafada, uma urgência que renunciou à urgência. A uma velocidade de cinco quilômetros por dia, todos fugiam dos tanques — que avançavam a mais de cem quilômetros diários por meio dos campos —, e dos aviões, que se deslocavam a 600 quilômetros por hora. Assim se desperdiçava o xarope quando se virava a garrafa. A mulher daquele estava para dar à luz, e ele dispunha de um tempo ilimitado. Era urgente, e já não era mais. Estava suspenso em um equilíbrio instável entre a urgência e a eternidade.

Tudo passou a ficar lento como os reflexos da pessoa que agonizava. Estávamos diante de um imenso rebanho que se pisoteava, cansado, diante do matadouro. Eram cinco, sete, dez milhões abandonados no asfalto. Um povo que, nos umbrais da eternidade, arrastava-se pela fadiga e pelo tédio.

E, na verdade, eu não conseguia imaginar como iriam arranjar-se para sobreviver. O homem não se alimentava de ramos de árvore. Eles próprios duvidavam vagamente dessa possibilidade, mas era difícil que manifestassem temor. Arrancados dos seus quadros, do seu trabalho, dos seus deveres, perderam o significado de tudo. Até mesmo sua própria identidade mostrava-se desgastada; eles próprios estavam muito reduzidos, e a existência deles estava por um fio. Inventariam mais tarde seus próprios sofrimentos, mas naquele momento padeciam, sobretudo, dos rins doloridos pelo excesso de pacotes a carregar, pelo excessivo número de nós que se desataram — fazendo que os lençóis esvaziassem suas entranhas — e pelo tanto de carros que tiveram de empurrar para os pôr em marcha.

Nenhuma palavra sobre a derrota. Ela era evidente. Não se sentia necessidade de comentar o que constituía sua própria substância. Eles "eram" a derrota.

Minha visão súbita, aguda, era de uma França que perdia suas entranhas. Seria preciso suturá-la imediatamente. Não havia um segundo a perder; estávamos condenados...

A tragédia se iniciou. Ei-los asfixiados já, como peixes fora d'água.

— Não há leite aqui?

Semelhante pergunta era para morrer de rir!

— O meu filho não bebe nada desde ontem...

Tratava-se de um lactente de seis meses que ainda fazia muito barulho. Mas o barulho não duraria: os peixes, fora d'água... Ali não havia um pingo de leite; apenas sucata, uma enorme sucata inútil que, descompondo-se a cada quilômetro, perdendo suas porcas, parafusos, lâminas de chapa, transportava o povo, em um êxodo prodigiosamente inútil, a caminho do nada.

ANTOINE DE SAINT-EXUPÉRY

Corria o boato de que os aviões metralhavam a estrada a alguns quilômetros ao Sul. Falava-se até de bombas. Com efeito, ouvimos explosões abafadas. O rumor era, sem dúvida, exato.

Mas a multidão não se assustava; antes me parecia mais animada. Esse risco concreto pareceu-lhe mais sadio do que ser engolida pela sucata...

Ah! Que esquema construirão futuramente os historiadores! Quantos eixos inventarão para dar um significado a esse mingau! Tomarão a palavra de um ministro, a decisão de um general, a discussão de uma comissão e, desse desfile de fantasmas, extrairão sentenças históricas com responsabilidades e vistas amplas. Inventarão anuências, resistências, defesas cornelianas[16], covardias. De minha parte, sei perfeitamente o que é um ministério evacuado. O acaso permitiu-me visitar um deles. Compreendi imediatamente que um governo, assim que muda de casa, já não constitui mais um governo. É como um corpo. Se você começar a alterá-lo também — o estômago aqui, o fígado ali, os intestinos acolá —, essa coleção não formará mais um organismo. Passei 20 minutos no Ministério do Ar. Pois bem, um ministro exerce uma ação sobre o seu subordinado, uma ação miraculosa! Porque um fio de campainha ainda liga o ministro ao contínuo. Um fio de campainha intacto. O ministro pressiona o botão e o contínuo aparece.

Isso é um êxito.

— O meu carro! — pediu o ministro.

A autoridade dele terminava ali. Pôs o contínuo em atividade, mas este ignorou a existência na face da Terra de um automóvel

---

16 Referência irônica a uma célebre defesa que o filósofo, jurista, orador e político romano Cícero (107 a.C. — 44 a.C.) empreendeu a favor de um cliente que era acusado de envenenar seu próprio tio e pai adotivo, em 81 a.C.

de ministro. Não havia fio elétrico que ligasse o contínuo a algum motorista. O motorista estava perdido em algum lugar do universo. O que podiam conhecer da guerra os que governavam? As ligações eram de tal maneira impossíveis, que, naquele momento, precisaríamos de no mínimo oito dias para desencadear uma missão de bombardeamento sobre uma divisão blindada que encontrássemos. Em um país que se destripa, que ruído pode chegar aos ouvidos de um ministro? As notícias avançavam na velocidade de 20 quilômetros por dia. Os telefones estavam ocupados ou avariados, sem poder transmitir, em sua densidade, o Ser que se decompunha. O governo estava imerso no vazio, em um vazio polar. De tempos em tempos, chegavam-lhe apelos de uma urgência desesperada, mas abstratos, reduzidos a três linhas. Como é que os responsáveis saberiam se dez milhões de franceses já haviam morrido de fome? E esse apelo de dez milhões de homens cabia em uma frase. Basta uma frase para dizer:

— Entrevista às quatro horas na casa de X.

Ou:

— Dizem que dez milhões de homens estão mortos.

Ou:

— Blois arde em chamas.

Ou então:

— Encontraram o seu motorista.

Tudo isso no mesmo plano. De improviso. Dez milhões de homens. O carro. O exército do Leste. A civilização ocidental. Encontraram o motorista. A Inglaterra. O pão. Que horas eram?

Dou-lhes sete epístolas. São sete epístolas da Bíblia. Reconstituam-me a Bíblia a partir disso!

Os historiadores vão se esquecer do real; inventarão seres pensantes, ligados por fibras misteriosas a um universo exprimível, com sólida visão de conjunto e que pesam as decisões graves

ANTOINE DE SAINT-EXUPÉRY

segundo as quatro regras da lógica cartesiana. Distinguirão as forças do bem das forças do mal; os heróis dos traidores. Todavia, proporei uma questão simples:

— Para trair é preciso ser responsável por alguma coisa, gerar alguma coisa, agir sobre alguma coisa, saber alguma coisa. É dar, hoje em dia, mostras de gênio. Por que não condecorar os traidores?

A paz já se mostrava um pouco em todas as partes. Não era uma paz bem desenhada, que, como etapas novas da história, sucedem as guerras claramente concluídas por tratado. Tratava-se de um período sem nome, o fim de todas as coisas. Um fim que nunca acabaria. Era como um pântano onde se atolava, pouco a pouco, todo entusiasmo. Não pressentimos a aproximação de uma conclusão boa ou má. Muito pelo contrário. Entramos aos poucos na putrefação do provisório que tomava ares de eternidade. Nada iria ser concluído, porque não havia laço em que se pudesse agarrar o país, como se agarraria uma afogada pela cabeleira. Tudo estava desfeito. E o esforço mais patético proporcionava apenas uma mecha de cabelos. A paz que daí deriva não é fruto de uma decisão tomada pelo homem, mas antes grassa como se fosse uma lepra.

Aquelas estradas lá embaixo, onde a caravana se dispersava e os blindados alemães matavam ou davam de beber, lembraram-me os territórios lamacentos onde a terra e a água se confundiam. A paz, que já se misturava com a guerra, apodrecia a guerra.

Um de meus amigos, Léon Werth[17], ouviu grandes coisas na estrada, que ele deverá contar em um grande livro. À esquerda da

---

17 Um dos melhores amigos do autor de *Piloto de guerra*, o comunista Léon Werth (1878-1955) foi um escritor, jornalista e crítico de arte francês de origem judaica, a quem Saint-Ex dedicou sua obra de maior sucesso, *O pequeno príncipe* ("Para Léon Werth, quando ele era um menino"). Admirado por Saint-Exupéry desde a publicação

estrada estavam os alemães, à direita, os franceses, e, entre uns e outros, o turbilhão lento do êxodo. Centenas de mulheres e crianças desvencilhavam-se como podiam dos seus carros em chamas. E, como um tenente de artilharia que — contra a sua vontade — se vê imbricado no engarrafamento, tenta montar uma peça de 75 sob o tiroteio do inimigo, e como o inimigo erra a peça, mas corta a estrada, as mães dirigiam-se a esse tenente que, coberto de suor, obstinado pelo seu incompreensível dever, tentava salvar uma posição que não aguentaria mais de 20 minutos (havia apenas 12 homens ali!):
— Saiam daqui! Saiam daqui! Vocês são uns covardes!
O tenente e os homens foram embora. Deparavam por toda a parte com esses problemas de paz. Certamente, era preciso evitar que as crianças fossem massacradas na estrada, assim como era certo que cada soldado que atirava devia fatalmente acertar as costas de uma criança. Cada caminhão que avançava, ou que tentava, arriscava-se a condenar um povo, pois, ao avançar contra a corrente, engarrafava inexoravelmente uma estrada inteira.
— Vocês estão loucos! Deixem-nos passar! As crianças morrem!
— Estamos em guerra...
— Qual guerra? Onde vocês fazem a guerra? Em três dias, nessa direção, avançarão seis quilômetros!

---

de *Clavel soldat* (1919) — um violento libelo contra a guerra —, Léon Werth tornou--se amigo íntimo de Antoine, com quem costumava compartilhar as celebrações da Páscoa. Em meados de 1940, logo após a derrota francesa diante do Exército alemão e a assinatura do armistício com os nazistas, Saint-Exupéry foi ao encontro de seu amigo que, refugiado na casa de campo de Saint-Amour, aconselha-o a deixar França e encarrega-o de redigir o prefácio de seu manuscrito *33 jours* (*33 dias*, publicado somente em 1992). Intitulado inicialmente como *Carta a Léon Werth*, o prefácio foi publicado de modo independente em 1943, sob o título de *Carta a um refém*, no mesmo ano de *O pequeno príncipe*. Publicado em 1946, o livro de memórias de Léon Werth (*Déposition: Journal 1940-1944*) recebe, em 1948, o acréscimo de numerosas páginas consagradas a Saint-Exupéry, tido por ele como seu melhor amigo no mundo.

Eram muitos soldados perdidos no caminhão, a caminho de um encontro que, certamente, já não interessava. Mas eles estavam submersos no seu dever elementar.

— Fazemos a guerra...

— ... fariam melhor se nos recolhessem! É desumano!

Ouvem-se os berros de uma criança.

— E aquele...

Aquele já não gritava mais. Nem leite, nem gritos.

— Nós, nós fazemos a guerra...

Repetiam sua fórmula com uma estupidez desesperadora.

— Mas nunca vocês irão encontrar a guerra! Soçobrarão aqui conosco!

— Estamos em guerra...

Já não sabiam muito bem o que diziam, não sabiam se combatiam; jamais avistaram o inimigo e viajaram de caminhão com objetivos mais fugazes que as miragens. Somente conseguiam encontrar a paz putrefata.

Como a desordem aglutinou tudo, eles viram-se obrigados a descer do caminhão. Cercaram-nos.

— Têm água?

Compartilharam toda a água que tinham.

— E pão?

Compartilharam o pão.

— Vão deixá-la morrer?

Naquele carro avariado que levaram para o acostamento da estrada, uma mulher agonizava.

Tiraram-na de lá e introduziram-na no caminhão.

— E a criança?

Colocaram-na também no caminhão.

— E aquela que está em vias de dar à luz?

Introduziram-na também.

Depois, outra, que chorava.

Depois de uma hora de esforço, conseguiram retirar o caminhão. Viraram-no para o sul. Era um bloco errático que seguia o rio de civis que o arrastava. Já que não encontravam a guerra, os soldados resolveram converter-se à paz.

Porque a musculatura da guerra é invisível, o tiro que se dispara é recebido por uma criança, nos encontros da guerra se tropeça em mulheres que estão para dar à luz e é tão inútil pretender comunicar uma informação ou receber uma ordem quanto encetar uma discussão com Sirius. Deixou de existir um exército, restaram apenas os homens.

Converteram-se à paz. Transformaram-se, pela força das circunstâncias, em mecânicos, médicos, pastores, maqueiros. Eram eles que reparavam os carros dessa pobre gente que não sabia consertar sua sucata. E, em meio à faina, os soldados ignoravam se eram heróis ou passíveis de um conselho de guerra. Não se espantariam nada se fossem condecorados. Nem se fossem alinhados contra uma parede com 12 balas no crânio. Nem se fossem desmobilizados. Nada iria espantá-los. Há muito que ultrapassaram os limites do espanto.

É uma massa imensa onde nenhuma ordem, nenhum movimento, nenhuma notícia, nenhuma onda do que quer que seja pode se propagar para além de três quilômetros. E assim como as aldeias caem uma após a outra no esgoto comum, também esses caminhões militares, absorvidos pela paz, convertiam-se um a um à paz. Esses punhados de homens, que aceitariam perfeitamente a morte — ainda que não se lhes coloque o problema de morrer —, aceitavam os deveres que encontraram pela frente e repararam o assento da velha charrete, onde três religiosas amontoaram, sabe Deus para que peregrinação e para qual refúgio de conto de fadas, 12 criancinhas ameaçadas de morte.

ANTOINE DE SAINT-EXUPÉRY

*

Tal como Alias quando guardava o seu revólver no bolso, também não me atrevo a julgar os soldados que renunciaram. Que alento iria animá-los? De onde viria a onda que os atingiria? Onde estaria o rosto que os uniria? Não conheciam nada do restante do mundo além desses rumores sempre loucos de que, engendrados na estrada a três ou quatro quilômetros na forma de hipóteses extravagantes, assumiam, ao se propagar lentamente por meio desses quilômetros de massa humana, o caráter de uma afirmação. "Os Estados Unidos entraram na guerra. O papa suicidou-se. Os aviões russos incendiaram Berlim. O armistício foi assinado há três dias. Hitler desembarcou na Inglaterra."

Não havia pastor para as mulheres ou para as crianças, assim como não o havia para os homens. O general alcançou sua ordenança; o ministro, seu contínuo, e, com toda a sua eloquência, talvez conseguisse transfigurá-lo. Alias alcançou suas tripulações, podendo obter delas o sacrifício da sua vida. O sargento do caminhão militar alcançou os doze homens que dependiam dele. Mas era-lhe impossível comunicar-se com qualquer outra coisa. Se admitirmos que um chefe genial, milagrosamente dotado de uma visão de conjunto, concebia um plano capaz de nos salvar, mesmo esse chefe disporia apenas de um fio de campainha de 20 metros para se manifestar. E não contaria com outra massa de manobra para vencer senão o contínuo, se é que ainda existiria um contínuo na outra extremidade do fio.

Quando aqueles soldados esparsos que compõem unidades desconjuntadas marchavam ao acaso por essas estradas, aqueles homens, que não passavam de desempregados de guerra, não mostravam o desespero que se atribuía ao patriota vencido. Desejavam confusamente a paz, é certo. Mas a paz, a seus olhos, representava apenas o término daquele caos indizível, bem como o regresso a uma identidade, nem que fosse a mais humilde. O antigo sapateiro sonhava que cravava pregos e, ao cravá-los, forjava o mundo.

 E se partiam com os civis, à cabeça destes, era por efeito da incoerência geral que os separava uns dos outros, e não por horror à morte. Eles não temiam nada: estavam vazios.

ANTOINE DE SAINT-EXUPÉRY

CAPÍTULO XVII

HÁ UMA LEI FUNDAMENTAL: não se troca de improviso vencidos por vencedores. Quando se fala de um exército que primeiro retrocede e depois resiste, trata-se apenas de uma figura de linguagem, pois as tropas que recuaram e as que travaram batalha não eram as mesmas. O exército que recuou já não era mais um exército. Não que esses homens fossem indignos de vencer, mas é que uma retirada destrói todos os laços, tanto materiais quanto espirituais, que ligam os homens entre si. A esse somatório de soldados que se deixa passar para a retaguarda, substituem-se reservas novas que ostentam o caráter de organismo. São estas que bloqueiam o inimigo. Quanto aos desertores, são recolhidos para ser novamente esculpidos na forma de exército. Se não há mais reservas para lançar em ação, a primeira retirada é irreparável.

Somente a vitória une. A derrota não apenas separa o homem dos demais homens, como de si mesmo. Se os desertores não choravam pela França que se desmoronava, é porque foram vencidos. É porque a França estava derrotada, não à volta deles, mas neles próprios. Chorar pela França já significaria ser vencedor.

Para quase todos, tanto aos que ainda resistiam como aos que já não mais o faziam, a França vencida somente se mostrou mais tarde, nas horas de silêncio. Naquele tempo, todos se desgastavam em um pormenor vulgar que se rebelava ou estragava, como um caminhão avariado, uma estrada engarrafada, um manete de gás que entupia, ou o absurdo de uma missão. O sinal da derrocada estava em que uma missão se tornasse absurda. Em que se tornasse absurdo o próprio ato que se opunha à derrocada. Tudo se dividia contra si mesmo. Não se chorava pelo desastre universal, mas pelo objeto de que se era responsável — única coisa tangível e que se desarranjava. A França que foi por água abaixo não passava de um dilúvio de pedaços, dos quais não havia um único que apresentasse um rosto; nem essa missão, nem esse caminhão, nem essa estrada, nem essa porcaria de manete do gás.

Com efeito, uma derrota é um triste espetáculo. Os homens vis revelam-se vis, os larápios revelam-se larápios, as instituições deterioram-se. As tropas, cheias de desgosto e de fadiga, decompõem-se no absurdo. Uma derrota implica todos estes efeitos, da mesma forma que a peste implica o bubão. Mas criticaríamos a feiura daquela que amamos se um caminhão a esmagasse?

A injustiça da derrota está precisamente na aparência de culpados que empresta às vítimas. Como a derrota haveria de mostrar os sacrifícios, as austeridades no cumprimento do dever, os rigores para consigo próprio, as vigílias que o Deus que decide a sorte dos combatentes não levou em conta? Como mostraria o amor? A derrota mostra os chefes sem poder, os homens dispersos, as multidões passivas. Inúmeras vezes houve verdadeira carência, mas o que esta significa? Bastava que corresse a notícia de uma mudança de atitude por parte da Rússia ou de uma intervenção americana para transfigurar os homens e uni-los em um desespero comum. Sempre que há um rumor dessa natureza, o mesmo purifica tudo, como uma lufada de vento do mar. Não se deve julgar a França pelos efeitos da derrota.

Deve-se julgá-la por seu consentimento ao sacrifício. A França aceitou a guerra contra a verdade dos lógicos, que diziam: "Há 80 milhões de alemães. Nós não podemos fazer em um ano os 40 milhões de franceses que nos faltam. Não podemos transformar nossos campos de trigo em minas de carvão. Não podemos esperar a assistência dos Estados Unidos. Por que os alemães, ao reclamar Dantzig, haveriam de nos impor o dever, não de salvar Dantzig, o que é impossível, mas de nos suicidarmos para evitar a vergonha? Que espécie de vergonha há em possuir uma terra que produz mais trigo do que máquinas, e na qual se conta um habitante contra dois? Por que a vergonha pesaria sobre nós e não sobre o mundo?". Tinham razão. A guerra, para nós, significava desastre. Contudo, era necessário que, para se poupar de uma derrota, a França recusasse a guerra? Não o creio. A França pensava instintivamente da mesma maneira, uma vez que tais advertências não a desviaram da guerra. Entre nós, o espírito dominou a inteligência.

A vida sempre destrói as fórmulas feitas. A derrota pode revelar-se como único caminho para a ressurreição, não obstante as suas fealdades. Sei perfeitamente que, para criar a árvore, condena-se uma semente a apodrecer. O primeiro ato da resistência, se sobrevém demasiado tarde, é sempre um ato de perda. É, no entanto, o despertar da resistência. Talvez produza uma árvore, como ocorre com uma semente.

A França desempenhou seu papel, que consistia em se sujeitar a ser esmagada — já que o mundo arbitrava sem colaborar ou combater — e a se ver sepultada por uns tempos no silêncio. Quando se dá o assalto, há necessariamente homens na liderança, que quase sempre morrem. Mas, para que exista assalto, é preciso que os primeiros morram.

Foi esse papel que prevaleceu, já que aceitamos, sem ilusões, opor um soldado a três soldados, e nossos agricultores aos operários! Recuso-me a ser julgado pela deformidade da derrota! Ousarão julgar aquele que consente em arder em pleno voo por suas queimaduras? Todavia, também ele irá desfigurar-se.

CAPÍTULO XVIII

O QUE NÃO IMPEDE QUE essa guerra, não obstante o sentido espiritual que a tornava necessária, tenha-nos parecido, em seu desenvolvimento, como uma guerra absurda. A palavra nunca me envergonhou. Mal tínhamos declarado guerra, e, sem condições de atacar, começávamos a esperar que se dispusessem a nos aniquilar! Assim foi.

Dispúnhamos de feixes de trigo para vencer os tanques, mas eles de nada nos valeram, de modo que o aniquilamento estava consumado: não havia exército, nem reservas, tampouco ligações ou material.

Apesar disso, continuei voando com uma seriedade imperturbável. Mergulhei em direção ao Exército alemão a 800 quilômetros por hora e 3.530 rotações por minuto. Por quê? Bem, para assustá-lo! Para que evacuasse o território! Já que as informações que nos solicitam são inúteis, a nossa missão não pode ter outro sentido.

Que guerra mais absurda!

Ademais, exagerei. Perdi muita altitude. Os comandos e os manetes descongelaram. Retomei, paulatinamente, minha velocidade normal. Arremeti contra o Exército alemão a apenas 530 quilômetros por hora e a 2.200 rotações por minuto. Uma pena, pois não lhes farei tanto medo.

Hão de nos censurar por chamarmos essa guerra de absurda! Quem chama essa guerra de "absurda" somos nós! É melhor que a achemos absurda. Temos o direito de brincar com ela como nos agrada, uma vez que assumimos todos os sacrifícios por nossa conta. Tenho o direito de brincar com a minha morte se, assim como Dutertre, a brincadeira diverte-me. Tenho o direito de saborear os paradoxos. Por que essas aldeias ainda ardem em chamas? Por que essa população é lançada a granel pelo asfalto? Por que nos lançamos com uma convicção inquebrantável na direção de um abatedouro automático?

Tenho todos os direitos porque, no exato momento, sei bem o que faço. Aceito a morte. Não é o risco que eu aceito. Não é o combate que eu aceito. É a morte. Aprendi uma grande verdade. A guerra não é a aceitação do risco, não é a aceitação do combate. É, em certas horas, a aceitação pura e simples da morte pelo combatente.

Nestes dias, no instante em que a opinião pública estrangeira julgava insuficientes os nossos sacrifícios, perguntava a mim mesmo, ao ver as tripulações partirem e não voltarem: "Por quem nos entregamos, quem nos recompensa ainda?".

Porque o certo é que morremos. Porque, em quinze dias, morreram 150 mil franceses. Esses mortos talvez não ilustrem uma resistência extraordinária, que é impossível. Mas há contingentes de infantaria que se deixam massacrar numa herdade indefensável. E há grupos de aviação que se derretem como uma vela lançada ao fogo.

Desse modo, por que nós, do Grupo 2/33, ainda consentimos em morrer? Para lograr a estima do mundo? Mas a estima supõe

ANTOINE DE SAINT-EXUPÉRY

a existência de um juiz. Quem de nós concede a quem quer que seja o direito de julgar? Lutamos em nome de uma causa que consideramos causa comum. O que está em jogo é a liberdade, não somente da França, mas do mundo: julgamos muito confortável a posição de árbitros. Somos nós que julgamos os árbitros. É o pessoal do Grupo 2/33 que julga os árbitros. Que não nos venham dizer, a nós que partimos sem uma palavra e com uma possibilidade de um contra três para voltarmos (quando a missão é fácil), nem aos nossos amigos dos outros grupos, nem àquele amigo cujo rosto a explosão de um obus destruiu — e que, dessa maneira, privado de um direito fundamental como privado se está por detrás das paredes de uma prisão, bem protegido na sua feiura, bem instalado na sua virtude, detrás das fortificações de sua deformidade, renunciou por toda a vida a emocionar uma mulher —, que não nos venham dizer que os espectadores nos julgam! Os toureiros vivem para os espectadores, mas nós não somos toureiros. Se afirmassem a Hochedé: "Deve partir porque as testemunhas observam-no", ele responderia: "Deve haver um engano. Sou eu, Hochedé, quem observa as testemunhas...".

Mas, afinal, por que ainda combatemos? Pela democracia? Se morrermos por ela, seremos solidários com ela. Logo, que elas combatam ao nosso lado! Contudo, a mais poderosa, a única que poderia salvar-nos, recusou-se ontem e recusa-se ainda hoje. Muito bem, está no seu direito. Contudo, assim procedendo, dá-nos a entender que combatemos única e exclusivamente pelos nossos interesses. Ora, sabemos perfeitamente que tudo está perdido. Por que morremos ainda, então?

Por desespero? Mas não há traço de desespero! Não sabe nada de uma derrota quem nela espera descobrir desespero.

*

Há uma verdade superior aos dados da inteligência. Algo que sinto, mas que não consigo compreender ainda, passa por nós e nos governa. Uma árvore não tem linguagem alguma, no entanto, pertencemos a uma árvore. Há verdades evidentes, ainda que informuláveis. Não morro para me opor à invasão, porque não há abrigo onde eu possa entrincheirar-me na companhia daqueles que amo. Não morro para salvar uma honra que me recuso a ver em jogo; tampouco morro por desespero. No entanto, Dutertre, que consulta o mapa, tendo calculado que Arras está lá embaixo, em alguma parte pelos 175 graus, vai dizer-me antes que se completem 30 segundos:

— Leme na direção dos cento e setenta e cinco, meu capitão...

E eu aceitarei...

ANTOINE DE SAINT-EXUPÉRY

CAPÍTULO XIX

— CENTO E SETENTA E DOIS.
— Entendido. Cento e setenta e dois.

Opte pelos cento e setenta e dois. Epitáfio: "manteve corretamente cento e setenta e dois de bússola". Quanto tempo durará esse desafio bizarro? Navego a 750 metros de altitude sob um teto de pesadas nuvens. Se me elevasse cerca de 30 metros, Dutertre já ficaria sem ver coisa alguma. É preciso que permaneçamos bem visíveis, oferecendo assim aos tiros alemães um alvo para colegiais. Setecentos metros é uma altitude proibida. Servimos de ponto de mira a uma planície inteira, atraímos os tiros de todo um exército, tornamo-nos acessíveis a todos os calibres. Permanecemos uma eternidade no campo de tiro de cada uma das armas. Já não é tiro, mas uma paulada. É como se desafiássemos milhares de bastões a abaterem uma noz.

Estudei bem o problema: não é uma questão de paraquedas. Quando o avião avariado precipitar-se na direção do solo, o tempo necessário para abrir a escotilha de partida superará o que a queda vai conceder-nos. Essa abertura exige sete giros de uma manivela bastante resistente. Além disso, em plena velocidade, a escotilha deforma-se e não desliza.

É isso mesmo. Era preciso tragar desse remédio, mais dia, menos dia! O cerimonial não era complicado: manter cento e setenta e dois de bússola. Equivoquei-me ao envelhecer, pois vejam: eu era tão feliz quando criança! Isso é o que eu digo, mas será verdade? Já em meu vestíbulo, marchava a 172 de bússola, tudo por causa dos meus tios.

É agora que a infância torna-se doce. Não somente a infância, mas toda a vida pregressa. Vejo-a na sua perspectiva, como uma campina...

Tenho a impressão de que sou sempre o mesmo. Tenho experimentado sempre o que agora sinto. Minhas alegrias ou minhas tristezas mudaram de objeto, sem dúvida, mas os sentimentos permaneceram os mesmos. Era assim, feliz ou infeliz, punido ou perdoado, trabalhava bem ou mal. Tudo dependia dos dias...

A minha lembrança mais remota? Tinha uma governanta tirolesa que se chamava Paula. Contudo, isso nem chega a ser uma lembrança: é a recordação de uma recordação. Quando tinha cinco anos, Paula já não passava de uma lenda no meu vestíbulo. Durante anos a fio, por volta do Ano-Novo, minha mãe nos dizia: "Tem uma carta da Paula!". Era uma grande alegria para nós, as crianças. No entanto, por que ficávamos felizes? Nenhum de nós lembrava-se de Paula, que tinha voltado para o seu Tirol, para a sua casa tirolesa — uma espécie de chalé-barômetro perdido na neve. E Paula aparecia à porta, nos dias de sol, como de costume em todos os chalés-barômetros.

— Paula é bonita?
— Encantadora.

— Costuma fazer bom tempo no Tirol?

— Sempre.

Fazia sempre bom tempo no Tirol. O chalé-barômetro levava Paula muito longe, afora, no seu tabuleiro de neve. Quando aprendi a escrever, fizeram-me escrever cartas a Paula. Dizia-lhe: "Minha cara Paula, estou muito feliz por lhe escrever...". Lembrava um pouco as orações, porque não a conhecia...

— Cento e setenta e quatro.

— Entendido. Cento e setenta e quatro.

Será preciso modificar o epitáfio. É curioso como de repente a vida coordena-se. Já fiz a minha mala de recordações, que não servirão para mais nada, nem a ninguém. Conservo na lembrança um grande amor. A minha mãe nos dizia: "Paula escreveu, pedindo que lhes dê um beijo em nome dela...". E minha mãe beijava-nos a todos por Paula.

— Paula sabe que eu já estou crescido?

— Por certo que sabe.

Paula sabia de tudo.

— Meu capitão, eles dispararam!

Paula, dispararam sobre mim! Lanço um olhar ao altímetro: 650 metros. As nuvens estão a 700 metros. Bom, não posso fazer nada, mas, debaixo da minha nuvem, o mundo não é tão escuro quanto eu o julgava pressentir: é azul, maravilhosamente azul. É hora do crepúsculo e a planície está azul. Chove em alguns lugares. Azul de chuva...

— Cento e sessenta e oito.

— Entendido, cento e sessenta e oito.

Vamos por cento e sessenta e oito. Quão repleto de zigue-zagues é o caminho para a eternidade... Mas quão tranquilo parece-me este caminho! O mundo parece-me um pomar. Ainda há pouco, ele se mostrava na aspereza de um esboço. Tudo se afigurava desumano para mim. Mas, agora, voo a baixa altitude, numa espécie de intimidade. Há árvores isoladas ou agrupadas em pacotinhos. Encontramo-las em todo canto, como os campos verdes, as casas de telhado vermelho com alguém diante da porta, e os belos aguaceiros azuis por toda parte. Não resta dúvida de que, naquele tempo, Paula nos faria entrar rapidamente em casa...

— Cento e setenta e cinco.

Meu epitáfio perdeu bastante de sua rude nobreza: "Manteve cento e setenta e dois, cento e setenta e quatro, cento e sessenta e oito, cento e setenta e cinco". Antes, fiz um tipo versátil. Espere! Meu motor tossia, arrefecia! Fechei, então, as asas de refrigeração. Como chegou o momento de abrir o reservatório suplementar, puxei a alavanca. Não me esqueci de nada? Lancei um olhar à pressão do óleo. Estava tudo em ordem.

— Isso vai de mal a pior, meu capitão...

Escutou bem, Paula? Isso vai de mal a pior. No entanto, não posso deixar de me extasiar diante desse azul da tarde. É realmente extraordinário, sua cor é profunda! E essas árvores frutíferas, possivelmente ameixeiras, que desfilam à minha frente? Entrei na paisagem. Acabaram-se as vitrines! Sou um saqueador que saltou o muro, caminhou a passos largos entre a alfafa úmida e roubou umas ameixas. É uma guerra absurda, Paula! É uma guerra melancólica e completamente azul. Extraviei-me um pouco. Encontrei esta região estranha ao envelhecer... Oh! Não, não tenho medo. É um pouco triste, e isso é tudo.

— Ziguezagueei, capitão!

Isto é um jogo novo, Paula! Uma pisadela à direita, outra à esquerda, e assim se despista o tiro. Quando eu caía, vinham-me os galos, os quais você tratava com compressas de arnica. Precisarei extraordinariamente de arnica. Mesmo assim, você sabe... quão maravilhoso é o azul da tarde!

Mais adiante, na parte dianteira, vi três golpes de lança divergentes. Três longas hastes verticais e brilhantes. Rastros de balas luminosas ou de obus luminoso de pequeno calibre. Estava tudo dourado. No azul da tarde, vi jorrar bruscamente o clarão desse candelabro de três braços...

— Capitão! Atiraram fortemente pelo lado esquerdo! Incline! Piso fundo.

— Ah, isso vai de mal a pior...

Talvez...

Isso vai de mal a pior, mas estou no interior das coisas. Disponho de todas as minhas lembranças e de todas as provisões que armazenei, bem como de todos os meus amores. Disponho da minha infância, que se perde na noite como uma raiz. Minha vida começou com a melancolia de uma lembrança... Isto vai de mal a pior, mas não reconheço em mim nada do que pensei que sentiria frente a essas unhadas de estrelas cadentes.

Encontro-me em uma região que me toca no fundo do coração. Estamos no fim do dia. Em meio às tempestades, à nossa esquerda, desfraldam-se lençóis de luz, que formam quadrados de vitral. Quase logro apalpar com a mão, a dois passos de mim, todas as coisas que são boas, como essas ameixeiras com ameixas, a terra com odor de terra. Deve ser bom caminhar por meio das terras úmidas. Sabe, Paula, avanço lentamente, balançando da direita para a esquerda, como um carro de feno. Pensa que um avião é muito rápido... com certeza, se refletir bem! Mas caso se esqueça da máquina, se enxergar, simplesmente passeará pelo campo...

— Arras...

Sim, muito longe, lá adiante. Mas Arras não era uma cidade. Arras não passava de um pavio rubro no fundo azul noturno, no fundo da tempestade. Não restava dúvida de que, tanto à minha esquerda como à minha frente, o que se preparava era uma famosa

PILOTO DE GUERRA

borrasca. O crepúsculo não era o bastante para explicar essa meia-luz. Apenas maciços de nuvens podiam filtrar uma luz tão sombria... A chama de Arras cresceu. Mas não era uma chama de incêndio. Um incêndio alastrava-se como um cancro, apenas com uma pequena borda de carne viva ao redor. Mas esse pavio rubro, permanentemente alimentado, era de um candeeiro que fumegava um pouco. Era uma chama sem nervosismo, certa de que duraria, bem instalada em sua provisão de óleo. Sinto-a modelada por uma carne compacta, quase pesada, que o vento remexe algumas vezes da forma com que inclinaria uma árvore. Aí está... uma árvore. Essa árvore apanhou Arras na rede das suas raízes. E todos os sumos de Arras, todas as provisões de Arras, todos os tesouros de Arras sobem, transformados em seiva, para alimentar a árvore.

De vez em quando vejo a chama muito pesada desequilibrar-se para a esquerda ou para a direita e vomitar um fumo ainda mais negro, para logo depois voltar a se recompor. Mas nem sempre distingo a cidade. A guerra inteira resume-se neste esplendor. Dutertre afiança que a coisa se agrava. Da parte dianteira, ele observa melhor que eu, o que não impede que me surpreenda primeiramente com certa indulgência; a planície venenosa lança poucas estrelas.

Sim, porém...

Você bem sabe, Paula, que nos contos de fada infantis, o cavaleiro dirigia-se, em meio a terríveis provações, para um castelo misterioso e encantado. Ele então escalava glaciares, atravessava precipícios, desmantelava traições. Até que, por fim, aparecia-lhe o castelo, no coração de uma planície azul, fácil de galopar como um gramado. Julgava-se já o vencedor... Ah! Paula, não se ilude uma antiga experiência de contos de fadas! Era sempre ali que deparava com o mais difícil...

E assim corri para o meu castelo de fogo, na tarde azulada, como outrora... Você partiu cedo demais para conhecer os nossos jogos, não conheceu o "cavaleiro Aklin". Era uma brincadeira inventada por nós, já que desprezávamos as brincadeiras alheias. Brincávamos nos dias de grandes tempestades quando, depois dos primeiros relâmpagos, sentíamos, pelo cheiro das coisas e pelo brusco tremer das folhas, que a nuvem estava prestes a arrebentar. Então, a espessura dos ramos transformava-se, por um instante, em musgo ruidoso e ligeiro... Era esse o sinal... Nada mais podia deter-nos!

Partíamos lá do fundo do parque, na direção da casa, por cima dos gramados, até perdermos o fôlego. As primeiras gotas dos aguaceiros de tempestade eram grossas e espaçadas. O primeiro a ser atingido confessava-se vencido. Depois, o segundo. A seguir, o terceiro. Em seguida, os outros. O último sobrevivente revelava-se o protegido dos deuses, o invulnerável. Tinha o direito de, até a próxima tempestade, usar o nome de "cavaleiro Aklin"...

Aquilo sempre foi, em poucos segundos, uma hecatombe de crianças...

Ainda brinco de cavaleiro Aklin. Corro devagarzinho na direção do meu castelo de fogo até perder o fôlego...

Contudo, ocorre que:

— Ah! Meu capitão, nunca vi algo assim.

Tampouco vira algo assim. Não sou mais invulnerável. Ah! Não sabia o que me esperava.

CAPÍTULO XX

APESAR DOS 700 METROS, eu já estava à espera. Apesar dos parques de tanques, da chama de Arras, eu já estava à espera. Esperava desesperadamente. Remontava minha memória até a infância, para encontrar o sentimento de uma proteção soberana. Não havia proteção para os homens. Uma vez homem, deixavam-no ir por sua conta... Mas quem se atrevia a tocar no menino que uma Paula todo-poderosa agarra pela mão com força? Paula, usei sua sombra como se fosse um escudo...

Recorri a todos os truques. Assim que Dutertre me disse: "Isso vai de mal a pior...", servi-me, para ter esperança, dessa mesma ameaça. Estávamos em guerra: era natural que ela se mostrasse. Ao mostrar-se, reduzia-se a alguns rastros de luz: "Ora, este é o famoso perigo de morte sobre Arras? Deixem-me rir...".

O condenado tem do verdugo a imagem de um robô lívido. Aparece-lhe um homem qualquer, que sabe espirrar ou mesmo sorrir. O condenado, então, agarra-se ao sorriso como a um caminho para a liberdade... Mas não passa de um caminho fantasma. Por mais que espirre, o carrasco não desistirá de cortar sua cabeça. Como recusar a esperança, então?

Como é que eu próprio não me enganaria com tal acolhimento, já que tudo se tornava íntimo e rústico, uma vez que luziam com tamanha graça as ardósias molhadas e as telhas, e se nada mudava de minuto para minuto, nem parecia dever mudar? Já que Dutertre, o metralhador e eu éramos apenas três passeantes que atravessavam os campos e regressavam lentamente, sem grande necessidade de levantar a gola, porque realmente já não chovia. Se no coração das linhas alemãs não se revelava nada que valesse a pena contar, de modo que não havia razão alguma para que, mais adiante, a guerra fosse distinta. Parecia que o inimigo tinha dispersado e fundido na imensidão dos campos, na proporção talvez de um soldado por casa, ou de um soldado por árvore, dos quais um, vez por outra, quando se lembrava da guerra, atirava. Tinham-lhe repisado as instruções: "Dispare sobre os aviões...". A ordem confundia-se com o sonho. Disparava suas três balas, sem dar demasiada importância. Já cacei patos assim, ao fim do dia, dos quais tirava sarro quando o passeio era um pouco suave. Atirava sobre eles enquanto falava de outra coisa, mas não os perturbava...

Vê-se muito bem aquilo que se gostaria de ver: aquele soldado mira sobre mim, mas, sem convicção, falha. Os outros deixam passar. Os que estão em condições de nos dar rasteiras talvez respiram, neste instante, com prazer, o cheiro da noite, ou acendem cigarros, ou concluem uma piada — e deixam passar. Outros, naquela aldeia onde estão acantonados, estendem a sua gamela para a sopa. Um ruído levanta e morre. Será amigo ou inimigo? Não têm tempo de sabê-lo, pois vigiam a gamela que se enche: deixam passar. Quanto a mim, tento atravessar, com as mãos nos bolsos e assobiando o mais naturalmente que posso, esse jardim que está vedado aos transeuntes, mas cujos guardas, que confiam uns nos outros, deixam-me passar...

Sou tão vulnerável! A minha própria debilidade é uma armadilha para eles: "Por que te inquietas, se hão de te derrubar um pouco mais adiante?". É evidente! "Vá e deixe que te matem alhures...!". Jogam a obrigação para os outros, para não perderem a sua vez de comer, para não interromperem uma piada, ou simplesmente por lhes agradar a aragem da noite. Dessa maneira, abuso da negligência deles e desse minuto em que, como que por acaso, a guerra fatiga a todos, a todos em conjunto, extraio minha salvação, e por que não? Desde já, tenho a vaga certeza de que, de homem em homem, de esquadrilha em esquadrilha, de aldeia em aldeia, lograrei terminar minha missão. Acima de tudo, somos apenas um avião de passagem pela noite... Nem sequer vale a pena levantar a cabeça!

Certamente, esperava voltar. Contudo, ao mesmo tempo sabia que aconteceria alguma coisa. Você está condenado ao castigo, mas a prisão que o encerra permanece envolta no silêncio; você se apega a esse silêncio. Cada segundo que passa assemelha-se ao segundo anterior. Não há razão alguma para que o próximo segundo transforme o mundo. Trata-se de um trabalho demasiado pesado para ele. Cada segundo, um após o outro, liberta o silêncio. O silêncio já parece eterno...

Todavia, pode-se ouvir o passo daquele que se sabe que virá.

Algo acaba de se quebrar na paisagem. Assim, a fogueira que parecia apagada subitamente crepita e lança uma profusão de fagulhas. Por causa de que mistério a planície toda reagiu ao mesmo tempo? Chegada a primavera, as árvores deixam as suas sementes. Por que essa súbita primavera de armas? Por que esse dilúvio luminoso que sobe em nossa direção e que, sem mais nem menos, mostra-se universal?

A sensação que primeiro me assalta é a de ter sido pouco prudente. Estraguei tudo. Quando o equilíbrio é muito precário, às vezes basta um piscar de olhos, um simples gesto! Um alpinista tosse e desencadeia uma avalanche. E agora que a desencadeou, tudo está acabado.

Marchamos pesadamente neste pântano azul já afogado pela noite. Agitamos este poço tranquilo, que agora nos envia dezenas de milhares de bolhas douradas.

Um povo de malabaristas acaba de entrar na dança, semeando os seus projéteis, às dezenas de milhares, sobre nós. Por falta de variação angular, os projéteis parecem-nos inicialmente imóveis, mas, tal como as bolinhas que a arte do malabarista não projeta, mas liberta, iniciam lentamente sua ascensão. Vejo lágrimas de luz que correm em minha direção por meio de um óleo de silêncio. Desse silêncio que banha o jogo dos malabaristas.

Cada rajada de metralhadora ou de canhão de tiro rápido debita obuses ou balas fluorescentes às centenas, que se sucedem como as contas de um rosário. Milhares de rosários elásticos estendem-se e dilatam-se em nossa direção, até se romperem e estourarem à nossa altura.

Com efeito, vistos transversalmente, os projéteis que não nos acertaram revelam, em sua passagem tangencial, uma velocidade vertiginosa. As lágrimas transformam-se em clarões. E eis que me descubro afogado em uma colheita de trajetórias que tem a cor dos trigais. Eis-me aqui, convertido em centro de um espesso matagal de golpes de lança. Eis-me aqui, ameaçado por não sei que vertiginoso trabalho de agulhas. Toda a planície ligou-se a mim, tecendo uma rede fulgurante de linhas douradas à minha volta.

Ah! Quando me inclino em direção à terra, descubro camadas de bolhas luminosas que sobem com a lentidão de véus de nevoeiro. Descubro o vagaroso turbilhão de sementes: é assim que a casca do trigo voa quando o socam! Mas, se olho na horizontal, vejo apenas feixes de lanças! Tiros? De maneira alguma! Atacam-me com arma branca! Vejo apenas sabres de luz! Sinto-me... Não é uma questão de perigo! Deslumbra-me o luxo em que me banho!

— Ah!

Saltei cerca de 20 centímetros de meu assento. Aquilo foi como um golpe de aríete no avião, que se abriu, pulverizou-se... nada disso... nada disso... Sinto que ainda responde aos comandos. Foi apenas o primeiro golpe de um dilúvio de golpes. No entanto, não consegui ver explosão alguma. O fumo das explosões confunde-se indubitavelmente com as sombras da terra: levanto a cabeça e observo.

É um espetáculo indescritível.

CAPÍTULO XXI

INCLINADO PARA A TERRA, não reparei no espaço vazio que, pouco a pouco, estendia-se entre mim e as nuvens. A trajetória das balas lançava uma luz da cor do trigo: como poderia saber que, no cume de sua ascensão, elas distribuiriam materiais sombrios, um a um, como pregos cravados? Descubro-as já acumuladas em pirâmides vertiginosas que derivam para trás com a lentidão de *icebergs*. À escala de tais perspectivas, tenho a sensação de estar imóvel.

Sei perfeitamente que todas as construções, uma vez levantadas, perderam o seu poder. Cada um dos flocos somente dispõe do direito de vida ou morte por um centésimo de segundo. Contudo, cercaram-me sem que eu o soubesse. Subitamente, sua aparição faz pesar sobre a minha nuca o peso de uma reprovação formidável.

Essa sucessão de explosões surdas, cujo som é abafado pelo barulho dos motores, impõe-me a ilusão de um silêncio extraordinário. Não sinto nada. O vazio da expectativa abre-se em mim, como se estivesse deliberando.

Penso... todavia penso: "Atiram demasiado alto!", e volto a cabeça para ver como se inclina, lá atrás, como que por tristeza, uma tribo de águias. Aquelas renunciam. Já não resta mais nada a esperar. As armas que não nos acertaram reajustam o seu tiro. As muralhas de explosões reconstroem-se em nosso plano. Cada núcleo de fogo ergue, em poucos segundos, a sua pirâmide de explosões, que ele tão logo abandona, já perecida, para ir construir noutra parte. O tiro não nos procura: cerca-nos.

— Dutertre, está longe ainda?

— ... se pudéssemos aguentar por mais três minutos, teríamos acabado... mas...

— Talvez consigamos passar...

— Nunca!

Quão sinistro é esse negro acinzentado, esse negro de trapos espalhados a granel! A planície era azul, imensamente azul. Um azul do fundo do mar...

Quanto tempo hei de durar ainda? Dez segundos? Vinte segundos? O abalo das explosões atormenta-me de forma constante. As que estão próximas produzem sobre o avião o mesmo efeito da queda de rochas em uma carroça, que então libera um som quase musical; um suspiro estranho... Mas isso é quando os tiros falham. Ocorre aqui o mesmo que com o raio: quanto mais próximo ele está, mais se simplifica. Alguns choques são elementares: é que a explosão marcou-nos com seus estilhaços. A fera não empurra o boi que ela mata, mas crava suas garras com aprumo, sem escorregar. Apodera-se do boi. Do mesmo modo, os tiros ao alvo incrustam-se no avião, como em um músculo.

— Ferido?

— Não!

— Ei, metralhador, ferido?

— Não!

Mas os choques, que devem ser descritos, não contam, pois tamborilam sobre uma crosta, um tambor. Em vez de rasgarem os reservatórios, poderiam perfeitamente ter-nos aberto o ventre. Mas o próprio ventre não passa de um tambor. Que nos importa o corpo! Não é ele que conta... isto é extraordinário!

Direi duas palavras a respeito do corpo, uma vez que, na vida diária, estamos cegos para as evidências. Para que a evidência se manifeste, é preciso a urgência de certas condições; é preciso a chuva de luz ascendente; é preciso o assalto de golpes de lança; é preciso, enfim, que se erga esse tribunal para o juízo final. Somente assim se compreenderá.

Perguntava-me enquanto me vestia: "Como serão os últimos momentos?". A vida sempre se encarregou de desmentir os fantasmas que eu inventava. Mas, desta vez, tratava-se de caminhar nu, sob a fúria de punhos imbecis, sem ao menos a ponta de um cotovelo para proteger o rosto.

Fazia desse teste uma prova para a minha carne, imaginava-o sofrido. O ponto de vista que eu necessariamente adotava era o do meu próprio corpo. Quanto cuidado temos com o nosso corpo! À força de vesti-lo, lavá-lo, tratá-lo, barbeá-lo, saciar-lhe a sede, alimentá-lo, identificamo-nos com esse animal doméstico. Levamo-lo ao alfaiate, ao médico, ao cirurgião. Sofremos, gritamos e amamos com ele. A seu respeito, dizemos: sou eu. E, de repente, essa ilusão se desfaz. Não fazemos caso do corpo. Relegamo-lo à categoria da criadagem. Que a cólera se faça um pouco mais viva, que o amor se exalte, que o ódio se concentre, e era uma vez essa famosa solidariedade!

Seu filho foi apanhado pelo incêndio? Você vai salvá-lo! Ninguém pode detê-lo! Você se queima sem dar a mínima para isso, abandona as fatias de carne, a título de penhor, a quem as quiser!

Descobre que não estava tão apegado àquilo que lhe importava tanto. Se fosse um obstáculo, venderia o seu ombro pelo luxo de um empurrão. Está instalado em seu próprio ato. Você é o seu ato, não logrará se encontrar n'outro lugar! O seu corpo lhe pertence, mas ele não é mais você. Cairá por terra? Ninguém conseguirá subjugar-lhe com uma ameaça dirigida ao seu corpo. Você? É a morte do inimigo. Você? É o salvamento do seu filho. Faz uma troca, e não experimenta a sensação de perder com ela. Os seus membros? São ferramentas. Pouco importa que a ferramenta falhe quando cortamo-la. Você se transforma contra a morte do seu rival, pela salvação do seu filho, pela cura da sua doença ou pela sua descoberta, se for inventor! Aquele camarada do grupo foi ferido mortalmente. A citação diz: "Disse, então, a seu observador: estou condenado. Salve-se! Salve os documentos!...". Somente o que importa é a salvação dos documentos ou do filho, a cura da doença, a morte do rival, a descoberta! O seu significado mostra-se deslumbrante. É o seu dever, o seu ódio, o seu amor, a sua fidelidade, a sua invenção. Não encontra outra coisa em você.

O fogo não apenas fez cair por terra a carne, como também o culto da carne. O homem não se interessa mais por si mesmo, de modo que apenas lhe interessa saber onde está. Se morrer, não diminui: confunde-se. Não se perde: encontra-se. E isso não é um anseio de moralista. É uma verdade vulgar, uma verdade do dia a dia, que uma ilusão diária cobre com uma máscara impenetrável. Como poderia imaginar que, enquanto me vestia e temia pelo meu corpo, somente me preocupava com trivialidades? É apenas no momento de deixar o corpo que todos, sempre, descobrem estupefatos o quão pouco lhes interessa. Mas também é certo que, ao longo da minha vida, quando nada de urgente me domina, quando o meu significado não está em jogo, não concebo problemas mais graves do que os do meu corpo.

Corpo meu, não ligo a mínima para você! Expulsaram-me de ti, já não tenho esperanças e nada me falta! Renego tudo o que existia até este segundo. Tampouco era eu quem pensava ou sentia, mas o meu corpo. Bem ou mal, tive de trazê-lo arrastado até aqui, donde descubro que já não tem importância alguma.

Tinha eu quinze anos quando recebi a primeira lição: um irmão mais novo fora dado como sem esperanças depois de alguns dias doente. Certa manhã, por volta das quatro horas, a enfermeira me despertou.

— O seu irmão o chama.

— Sente-se mal?

Ela não me respondeu nada. Vesti-me com toda a pressa e fui ao encontro dele.

Com uma voz natural, ele disse:

— Queria falar com você antes de morrer. Vou morrer.

Uma crise nervosa crispou-o todo, obrigando-o a calar-se. Durante a crise, ele fez um sinal de "não" com a mão, gesto que não logrei compreender. Imagino que a criança rechaça a morte. Mas, quando a calma sobreveio, explicou-me:

— Não se assuste... não sofro. Não me sinto mal. Não posso evitar, é o meu corpo.

O seu corpo, território estrangeiro, nada mais tinha a ver com ele.

Mas o irmãozinho, que sucumbiria em vinte minutos, desejava mostrar-se sério. Sentiu a necessidade de transmitir-me sua herança. Voltou a falar: "Gostaria de fazer o meu testamento..." Ruborizou, decerto orgulhoso de portar-se como um homem. Se ele fosse construtor de torres, confiaria a mim a torre que iria construir. Se fosse pai, confiaria a mim os filhos para que eu os instruísse. Se fosse piloto de um avião de guerra, confiaria a mim os papéis de bordo. Mas não passava de uma criança. Confiou-me apenas um motor a vapor, uma bicicleta e uma carabina.

A gente não morre. Pensávamos temer a morte, quando, na verdade, tememos o inesperado, a explosão, a nós mesmos. A morte? Não. Deixa de existir a morte quando deparamos com ela. Disse-me o meu irmão: "Não se esqueça de escrever tudo isso..." Quando o corpo se desfaz, o essencial avulta. O homem não passa de um emaranhado de relações. Somente as relações é que contam. O corpo, cavalo estafado, é abandonado. Quem pensa em si próprio na morte? Nunca encontrei alguém assim...

— Capitão?

— O quê?

— Formidável!

— Metralhador...

— Ah... Sim...

— Qual...

Minha pergunta foi pelos ares com o choque.

— Dutertre!

— Capit...?

— Atingido?

— Não.

— Metralhador...

— Sim?

— Feri...

Foi como se eu embatesse contra uma parede de bronze. Apenas ouço:

— Ah! Lá! Lá!...

Ergo a cabeça para o céu, para medir a distância das nuvens. É evidente que, quanto mais observo obliquamente, mais os flocos negros parecem amontoados uns sobre os outros. Na vertical, parecem menos densos. E assim, engastado por cima das nossas testas, descubro um diadema monumental de florões negros.

Os músculos das coxas têm uma força extraordinária. Aperto de um único golpe o balancim, como se derrubasse uma parede, e lanço o avião de esguelha, que derrapa de maneira brutal para a esquerda, com vibrações ruidosas. O diadema deslizou para a direita; tirei-o de cima da minha cabeça. Esquivei-me do tiro, que acertou outro lugar. À direita, vi o acúmulo de inúteis pacotes de explosões. Mas, antes que eu tivesse, com a outra coxa, produzido o movimento contrário, o diadema restabeleceu-se acima de mim. Os de baixo reinstalaram-no. Em meio à choradeira, o avião caiu de novo nos pântanos. Contudo, a força concentrada do meu corpo oprimiu uma segunda vez o balancim. Lancei o avião em viragem contrária, ou melhor, em derrapagem contrária (ao diabo com as viragens corretas!), e o diadema oscilou para a esquerda.

Durar? Essa brincadeira não pode durar muito! Por mais que dê essas patadas gigantescas, o dilúvio das lanças recompõe-se, e ali, diante de mim, a coroa reconstitui-se. Os choques dão-me um frio na barriga, e, se olho para baixo, volto a encontrar, bem centrado sobre mim, aquele cortejo de bolhas de uma vertiginosa lentidão. É inconcebível que ainda estejamos inteiros. E, no entanto, descubro que sou invulnerável. Sinto-me como um vencedor. Sou, a cada segundo, um vencedor!

— Atingidos?

— Não...

Não foram atingidos. São invulneráveis. São vencedores. Sou o proprietário de uma tripulação de vencedores...

Doravante, cada explosão parece-me não já nos ameaçar, e sim endurecer-nos. Todas as vezes, durante um décimo de segundo, imagino o meu aparelho pulverizado. Todavia, ele sempre responde aos comandos e volto a levantá-lo, como um cavalo, puxando-lhe duramente pelas rédeas. Nesse instante eu relaxo, sendo invadido por uma alegria surda. Não tive tempo para sentir medo, a não ser sob a forma de uma contração física, que provoca um grande ruído. Já me foi concedido o suspiro da libertação. Devia sentir o arrepio do choque, depois o medo, e depois a calma. Nem pensar! Não há tempo. Sinto o arrepio e, logo a seguir, a calma. Arrepio, calma. Falta uma etapa: o medo. E não vivo na expectativa da morte que há de vir no segundo seguinte, mas na ressurreição de sair do segundo precedente. Vivo numa espécie de rastilho de alegria. Vivo no rastro do meu júbilo. E começo a experimentar um prazer prodigiosamente inesperado. É como se a minha vida me fosse outorgada a cada instante, como se ela se tornasse, a cada segundo, mais sensível para mim. Vivo. Estou vivo. Ainda estou vivo. Estou sempre vivo. Não sou mais que uma fonte de vida. A embriaguez da vida apodera-se de mim. Aquilo a que chamam de "a embriaguez do combate" é, afinal, a embriaguez da vida! Sim! Os que disparam lá de baixo sabem, por acaso, que nos estão a forjar?

Depósitos de óleo, depósitos de gasolina, tudo está arrombado. Dutertre acaba de me dizer: "Acabou-se! Suba!". Meço pela última vez a distância que me separa das nuvens e empino o avião. Mais uma vez, baixo o avião para a esquerda, depois para a direita. Lanço um último olhar para o solo. Nunca vou esquecer-me da paisagem. Toda a planície crepitava com pequenas mechas luminosas. Certamente, eram os canhões de tiro rápido. No imenso aquário azulado, sucedia-se uma ascensão de glóbulos. A chama de Arras reluzia em um vermelho-escuro, como um ferro na bigorna; a chama estava bem definida nos abrigos subterrâneos, onde o suor, a invenção, as lembranças e o patrimônio dos homens amarravam sua ascensão nessa cabeleira e transformavam tudo em uma fogueira oscilante ao vento.

Esbarrei nos primeiros grupos de nevoeiro. Ainda víamos à nossa volta flechas douradas ascendentes, que furavam o ventre da nuvem por baixo. A derradeira imagem foi-me concedida por uma última fenda, quando a nuvem já me encerrava. No breve espaço de um segundo ainda vi a chama de Arras iluminando a noite, tal como uma lamparina a óleo de naves profundas. Ela servia a um culto, mas custava muito caro. Até o dia seguinte ela teria consumado e consumido tudo. Levo a chama de Arras em testemunho.

— Tudo bem, Dutertre?

— Tudo, meu capitão. Duzentos e quarenta. Dentro de 20 minutos deixaremos a nuvem. Alguma parte do Sena há de nos orientar...

— Tudo em ordem, metralhador?

— Hum... sim... meu capitão... tudo bem.

— Não sentiu muito calor?

— Hum, não... sim.

Nem ele próprio sabia, mas estava contente. Pensei no metralhador de Gavoille. Uma noite, sobre o Reno, 80 projetores de guerra envolveram Gavoille em seus feixes de luz; construíram à sua volta uma gigantesca basílica e, de repente, começaram a atirar nele. Gavoille, então, ouviu o metralhador falar consigo mesmo em voz baixa: os laringofones são indiscretos. O metralhador confia a si próprio as suas confidências: "Ora bem, meu velho... ora bem, meu velho... sempre podemos correr para conseguirmos isso no campo civil!". Quão contente estava o metralhador!

Quanto a mim, respirei lentamente, enchi bem os pulmões. Quão maravilhoso era respirar. Ainda havia de compreender um punhado de coisas, mas, acima de tudo, pensava em Alias. Não. Era em meu caseiro que pensava primeiro. Iria interrogá-lo sobre o número dos instrumentos... Ora! O que vocês querem? As ideias vinham uma atrás da outra... Cento e três. A propósito, o nível da gasolina, a pressão do óleo... quando os reservatórios estão arrombados, é melhor vigiar esses instrumentos! Os revestimentos de borracha aguentam o tiro. É um aperfeiçoamento maravilhoso! Vigio também os giroscópios: essa nuvem é pouco habitável. Nuvem de tempestade, que nos sacode violentamente.

— Não acha que poderíamos descer?

— Dez minutos... faríamos melhor se ainda esperássemos uns dez minutos...

Esperarei, então, por mais dez minutos. Ah, sim, pensava em Alias. Até que ponto ele ainda esperava para rever-nos? N'outro dia, estávamos meia hora atrasados. Meia hora, de forma geral, é grave... Corri para alcançar o grupo no jantar. Empurrei a porta e sentei-me na minha cadeira, ao lado de Alias. Precisamente naquele momento o comandante levantou o garfo ornamentado com um ramalhete de talharins que estava prestes a ser engolido, mas deu um salto na cadeira, interrompeu-se imediatamente e mirou em minha direção, de boca aberta. Os talharins ficaram suspensos, imóveis.

— Ah!... Bem... estou feliz por revê-lo.

E tratou de engolir os talharins.

A meu ver, o comandante padecia de um grave defeito, a mania de interrogar o piloto sobre os dados obtidos na missão. Não deixaria de me interrogar e, com uma paciência temível, não despregaria os olhos de mim, enquanto eu estivesse lhe fornecendo os dados fundamentais. Iria armar-se de uma folha de papel e de uma caneta, para não perder a menor gota daquele elixir. Aquilo me traria lembranças da juventude: "Como é que o examinado Saint-Exupéry integra as equações de Bernoulli?".[18]

---

18 Considerado o pai do cálculo exponencial, o matemático suíço Jakob Bernoulli (1654-1705) foi o sucessor de Newton e de Leibniz — com quem se correspondeu — nos estudos do cálculo infinitesimal, contribuindo de maneira decisiva para o desenvolvimento da geometria analítica, da teoria das probabilidades e do cálculo de variações.

— Hum!

Bernoulli... Bernoulli... E lá ficamos, imóveis, sob aquele olhar, como um inseto que tem um alfinete espetado no corpo.

As informações da missão diziam respeito a Dutertre que, observando em linha vertical, devia ver inúmeras coisas. Caminhões, mercadores, tanques, soldados, canhões, cavalos, estações, vagões de trem, chefes de estação. Quanto a mim, somente conseguia ver enviesado! Via as nuvens, o mar, os rios, as montanhas, o sol; observava muito no geral; fazia uma ideia do conjunto.

— O meu comandante bem sabe que o piloto...

— Vejamos! Vejamos! Sempre se percebe alguma coisa.

— Eu... Ah! Incêndios! Vi incêndios. Isso é interessante...

— Não. Tudo queima. O que mais?

Por que Alias é tão cruel?

CAPÍTULO XXII

HÁ DE ME INTERROGAR desta vez?
    O que carregava da minha missão não podia ser inscrito em relatório. Ficaria mudo, como um colegial chamado ao quadro-negro. Pareceria muito infeliz e, contudo, não seria infeliz. Acabara-se a desgraça. Desaparecera quando brilharam as primeiras balas. Se tivesse dado meia-volta um segundo antes, teria ignorado tudo a meu respeito.
    Teria ignorado a doce ternura que me subia ao coração. Regressaria para junto dos meus. Voltaria para casa. Iria sentir-me como uma dona de casa que, uma vez terminadas as compras, toma o caminho do lar e pensa nos pratos com que vai alegrar os seus. Balança da direita para esquerda o cesto das compras, levantando, de vez em quando, o jornal que as cobre: não falta nada, não se esqueceu de nada. Sorri da surpresa que prepara e demora-se um pouco para observar as vitrines.

Teria muito prazer em olhar as vitrines, se Dutertre não me obrigasse a habitar essa prisão alvacenta. Contemplaria o desfile dos campos lá embaixo. É bem verdade que convém esperar mais um pouco: a paisagem estava envenenada. Tudo nela era conspiração. Até os pequenos castelos de província que, com seus jardins um tanto ou quanto ridículos e as dúzias de árvores domesticadas pareciam escrínios ingênuos de cândidas meninas, não passavam de armadilhas de guerra. Quando se voava a baixa altitude, em vez de recebermos sinais de amizade, colhíamos explosões de torpedos.

Não obstante o ventre da nuvem, retornei ao mercado. A voz do comandante estava coberta de razão: "Vá até a esquina da primeira rua à direita e compre-me os fósforos...". Estava em paz com a minha consciência. Levaria os fósforos no bolso. Ou melhor, estavam no bolso do meu companheiro Dutertre. Como ele fazia para lembrar-se de tudo o que viu? Isso era com ele. Pensei em coisas sérias. Depois de aterrissar, se nos poupassem à confusão de uma nova mudança, lançaria um desafio a Lacordaire e iria derrotá-lo no xadrez. Ele detestava perder. Eu também, mas venceria.

Lacordaire estava bêbado no dia anterior. Pelo menos... um pouco: não queria desonrá-lo. Embebedara-se para se consolar. Ao regressar de um voo, esqueceu-se de manobrar o trem de pouso, aterrissando o avião de barriga. Alias, que no momento estava presente, observou o avião com melancolia, mas não abriu a boca. Observo o velho piloto Lacordaire. Contava com as censuras de Alias, esperava pelas censuras de Alias, censuras violentas que lhe teriam feito bem, pois a explosão teria permitido que ele explodisse também. Se respondesse, ficaria aliviado de toda aquela raiva. Mas Alias apenas meneava a cabeça; pensava no avião, não ligava a mínima para Lacordaire! Na maneira de ver do comandante, aquele acidente não passava de um azar anônimo, uma espécie de imposto estatístico. Tratava-se, afinal, de uma dessas distrações estúpidas que, surpreendendo os velhos pilotos, fora injustamente infligida a Lacordaire. Justo ele que, até o equívoco de hoje, estava puro da menor imperfeição profissional. Foi por esse motivo que Alias, interessando-se unicamente pela vítima, solicitou do modo mais maquinal do mundo a opinião do próprio Lacordaire acerca dos estragos. Senti que a raiva refreada de Lacordaire elevava-se. Experimente pousar gentilmente a mão no ombro do verdugo e dizer-lhe: "Como deve sofrer essa pobre vítima... Não acha?". Os impulsos do coração humano são insondáveis. Aquela mão terna, que solicita sua simpatia, exaspera o verdugo. Lança um olhar carregado à vítima. Lamenta não ter acabado com ela.

É assim. Regresso à minha casa. O Grupo 2/33 é a minha casa. E eu compreendo as pessoas da minha casa. É impossível que me engane sobre Lacordaire, assim como ele não se engana a meu respeito. Dou-me conta desta comunidade com um sentimento de evidência extraordinária: "Nós, os do Grupo 2/33!" Eis como todos os materiais dispersos se organizam...

Penso em Gavoille e em Hochedé. Sinto essa comunidade que me liga a Gavoille e a Hochedé. Pergunto-me, a respeito de Gavoille: qual será a sua origem? Ele manifesta uma esplêndida substância terrestre. Uma cálida lembrança me assoma à memória, perfumando subitamente o meu coração. Quando estávamos acantonados em Orconte, Gavoille morava, como eu, em uma fazenda.

Certo dia, disse-me:

— A caseira matou um porco e convida-nos para comermos o chouriço.

Éramos três — Israel, Gavoille e eu — a mastigar a saborosa pele negra e crocante. A camponesa serviu-nos um pouco de vinho branco. A certa altura, Gavoille disse-me: "Comprei-lhe isto para agradar a ela. É bom que assine". Era um dos meus livros. E não senti nenhum constrangimento: assinei-o com prazer, para causar satisfação. Israel carregava o cachimbo, Gavoille coçava uma perna e a camponesa parecia muito feliz por receber um livro autografado pelo autor. O chouriço exalava um aroma delicioso. Estava um pouco alegre de vinho branco e não me sentia um estranho, ainda que assinasse um livro, o que sempre me pareceu um pouco ridículo. Não me sentia recusado. Apesar do livro, não fazia figura de autor, nem de espectador. Não vinha do exterior. Israel, gentilmente, via-me assinar. Gavoille, com simplicidade, continuava a coçar a coxa. E eu nutria por eles uma espécie de mudo reconhecimento. Aquele livro poderia dar-me a aparência de uma testemunha abstrata. Todavia, eu não fazia figura nem de intelectual, nem de testemunha. Era um dos seus.

O ofício de testemunha sempre me causou horror. O que eu sou, se porventura não participo? Para ser, tenho necessidade de participar. Alimento-me da qualidade dos companheiros, essa qualidade que se ignora, não por humildade, mas porque não quer saber de si própria! Gavoille não pensa em si, nem Israel. Constituem uma rede de laços com o seu trabalho, o seu ofício, o seu dever. Com esse chouriço que fumega. E me embriago com a densidade das suas presenças. Posso me calar. Posso beber meu vinho branco. Posso até autografar o livro sem me separar deles. Nada destruirá essa fraternidade.

Longe de minha pessoa pretender denegrir as iniciativas da inteligência ou as vitórias da consciência. Admiro as inteligências límpidas. Mas o que é um homem, se lhe falta substância? Se é um olhar, e não um ser? E é essa substância que eu descobri em Gavoille ou em Israel, como a descobria em Guillaumet.[19]

As vantagens que posso obter com a atividade de escritor, por exemplo, essa liberdade de que poderia dispor e que me permitiria, se a minha função no Grupo 2/33 me desagradasse, renunciar a ela para desempenhar outras funções, rejeito-as com uma espécie de horror. Isso não é senão a liberdade de não ser. Toda obrigação leva-nos a ser.

Na França, estivemos a ponto de sucumbir em razão da inteligência sem substância. Gavoille: amava, detestava, alegrava-se, resmungava. Estava moldado em laços. E, assim como saboreava, diante dele, o chouriço crocante, também saboreava as obrigações da profissão que nos fundiam em um tronco comum. Amava o Grupo 2/33. Não na qualidade de espectador que descobre um espetáculo maravilhoso — não dava a mínima para o espetáculo. Amava o Grupo 2/33 porque pertencia a ele, porque alimentava-me dele, porque contribuía para alimentá-lo.

---

19 Henri Guillaumet (1902-1940), renomado piloto da Aéropostale, responsável por voos pioneiros nas linhas aéreas dos Andes, do Atlântico Sul e, depois, do Atlântico Norte. Contratado pela Companhia Latécoère em 1925, foi o encarregado pelo treinamento do novo recrutado, Saint-Exupéry, nas atividades da linha Toulouse--Barcelona-Alicante em 1926, dando início a uma longa amizade com o autor. Amizade esta que vivenciou o seu momento mais dramático em 13 de junho de 1930, quando Guillaumet, surpreendido por uma tempestade de neve, perdeu o controle do seu avião Potez-25 e caiu perto de Laguna Diamante, na parte argentina da Cordilheira dos Andes, a 3.250 metros de altitude. Em pleno inverno austral e abandonando todas as considerações de prudência, Saint-Exupéry deu início a uma desesperada busca aérea por seu amigo, que logrou ser encontrado por um jovem local de 14 anos (Juan Gualberto García) no sétimo dia do acidente e depois de ter percorrido cerca de 60 quilômetros sob as piores condições climáticas. Relatado por Saint-Exupéry no romance *Terra dos homens* (1939), o episódio mereceu um tratamento cinematográfico no filme *Asas da coragem* (*Wings of Courage*, 1995) do diretor francês Jean-Jacques Annaud. Guillaumet faleceu em 27 de novembro de 1940 quando seu avião, que sobrevoava o Mediterrâneo com destino à Síria, foi abatido por engano pelos caças italianos e ingleses que se enfrentavam no Mediterrâneo.

E agora que regressava de Arras era, mais do que nunca, do meu grupo. Adquiri mais um laço, reforcei em mim esse sentimento de comunidade que se saboreia no silêncio. Israel e Gavoille passaram, talvez, por riscos mais duros que os meus. Israel desapareceu. Mas, do passeio de hoje, tampouco eu deveria voltar. Por esse motivo, deu-me mais um pouco do direito de me sentar à sua mesa e de me calar com eles. Direito este que se compra a um alto preço: é o direito de "ser". Foi por tudo isso que assinei o livrinho sem constrangimento; porque ele não estragava nada.

E eis que ruborizei à simples ideia de gaguejar quando o comandante me interrogasse. Teria vergonha de mim mesmo. O comandante pensaria que eu era um pouco estúpido. Se essas histórias livrescas não me perturbavam, é porque, ainda que eu tivesse parido uma biblioteca inteira, essas referências não me salvariam da vergonha que me ameaçava. Essa vergonha não era uma brincadeira de minha parte. Não era o cético que se dava ao luxo de entregar-se a qualquer prática patética.[20] Não era o citadino que, em férias, fazia-se passar por camponês. Uma vez mais, fui buscar a prova de minha boa-fé perante Arras. Entreguei a minha carne à aventura, toda a minha carne, e entreguei-a sabendo que perdia. Dei tudo o que podia às regras do jogo, para que fossem mais do que regras de jogo. Adquiri o direito de me sentir envergonhado dali a pouco, quando o comandante me interrogasse, isto é, de participar, de estar ligado, de comunicar, de receber e dar, de ser mais do que eu mesmo, de ter acesso a essa plenitude que me preenchia, de sentir esse amor que sentia pelos meus companheiros, esse amor

---

20 Essa frase poderia muito bem ter sido inspirada na leitura de autores como François-René de Chateaubriand (1768-1848) e/ou Gilbert Keith Chesterton (1874-1936) que advertiram, cada qual em sua época, sobre os riscos da incredulidade para a humanidade. Para ambos os escritores apologistas do cristianismo, quando não se crê em Deus, acaba-se crendo em tudo...

que não era um impulso vindo do exterior, que nunca procurava exprimir-se, a não ser nos jantares de despedida. Nessa altura, já um pouco embriagado pela complacência do álcool, debruço sobre os convivas, como uma árvore carregada de frutos. O meu amor pelo grupo não tem necessidade de ser enunciado. Somente os laços o compõem. É a minha própria substância. Sou do grupo. É tudo.

Quando penso no grupo, não posso deixar de pensar em Hochedé. Poderia referir sua coragem na guerra, mas isso seria ridículo. Não se trata de coragem: Hochedé fez à guerra uma doação total, provavelmente maior que a de todos nós. Ele estava permanentemente nesse estado que eu tenho tido grande dificuldade em conquistar. Eu ainda praguejava enquanto me vestia. Hochedé não praguejava. Hochedé já chegara aonde vamos, aonde eu gostaria de ir.

Hochedé era um antigo suboficial promovido havia pouco tempo a subtenente. Não havia dúvida de que dispunha de uma cultura medíocre. Não seria capaz de nos elucidar sobre si mesmo. Mas estava construído, terminado. A palavra dever, quando se trata de Hochedé, perde toda redundância. Como gostaríamos de aceitar o dever como ele o aceitava-o! No confronto com ele, penitencio-me por todas as minhas pequenas renúncias, negligências, preguiças e, acima de tudo, se for o caso, meus ceticismos. Não se trata de sinal de virtude, mas de inveja bem compreendida. Gostaria de existir no grau em que Hochedé existe. Uma árvore é bela quando está firme em suas raízes. A permanência de Hochedé é bela. Ele seria incapaz de desapontar-nos.

Nada direi, portanto, das missões de guerra de Hochedé. Voluntário? Todos nós somos, sempre, voluntários para todas as missões, mas por uma obscura necessidade de acreditarmos em nós. A essa altura, ultrapassamo-nos um pouco. Hochedé era voluntário naturalmente. Ele "era" a guerra. Era tão natural que, quando se tratava de uma tripulação a sacrificar, o comandante imediatamente pensava em Hochedé: "Então, diga-me Hochedé..." Hochedé sentia-se tão bem na guerra quanto um monge na religião. Pelo que ele lutava? Por si. Confundia-se com uma determinada substância que se devia salvar, e que era sua própria significação. Àquela altura, a vida e a morte não se distinguiam bem. Já se confundiam em Hochedé. Sem que ele talvez soubesse, não tinha receio algum da guerra. Sobreviver, fazer sobreviver... para Hochedé, morrer e viver conciliavam-se.

O que mais me deslumbrou nele foi a angústia que manifestou quando Gavoille procurou que ele lhe emprestasse o cronômetro para a medição das velocidades de base.

— Meu tenente... não... Isso me incomoda.

— Não seja tolo! É para uma contagem de dez minutos!

— Meu tenente... há um no armazém de esquadrilha.

— Sim, mas há seis semanas que ele se recusa a passar de duas e sete!

— Meu tenente... um cronômetro não é coisa que se empreste... não sou obrigado a emprestar-lhe o meu cronômetro... o senhor não pode exigir-me isso!

A disciplina militar e o respeito hierárquico podem reclamar a um Hochedé, que há pouco caiu com o avião em chamas e por milagre ficou imune, que volte a instalar-se noutro avião para outra missão, que desta vez será arriscada, mas não que entregue em mãos desrespeitosas um cronômetro de grande luxo, que custou três meses de soldo e ao qual deu corda, noite após noite, com um cuidado todo maternal. Ao ver gesticular os homens, compreendemos que não sabem nada sobre os cronômetros.

E quando o vencedor Hochedé, finalmente restabelecido no seu direito, abandonou, ainda rubro de indignação, o escritório da quadrilha, deu-me vontade de dar-lhe um grande abraço. Eu descobria os tesouros de amor do Hochedé. Estava disposto a lutar

PILOTO DE GUERRA

pelo seu cronômetro. O seu cronômetro existia. E ele morreria por seu país. O seu país existia, assim como existia Hochedé, que se encontrava ligado a eles. E era formado por todos os laços que o ligavam ao mundo.

É por tudo isso que amava Hochedé sem ter a necessidade de dizer-lhe. Assim perdi Guillaumet — o melhor amigo que tive —, morto durante o voo, e evito falar dele. Pilotamos nas mesmas linhas, participamos das mesmas criações. Éramos da mesma substância. Sinto-me um pouco morto nele. Fiz de Guillaumet um dos companheiros do meu silêncio. Sou de Guillaumet.

Sou de Guillaumet, sou de Gavoille, sou de Hochedé. Sou do Grupo 2/33. Sou do meu país. E todos do grupo são deste país...

CAPÍTULO XXIII

COMO MUDEI! NAQUELES DIAS, comandante Alias, mostrava-me amargo. Naqueles dias, quando a invasão blindada encontrava o nada à sua frente, as missões sacrificadas custaram ao Grupo 2/33 dezessete de vinte e três tripulações. Com o senhor na dianteira, dava-me a impressão de que eram exigências de melodrama e que nos pedia que representássemos o papel de mortos. Ah! Comandante Alias, eu estava amargo e enganava-me!

Com o senhor na dianteira, aferrávamo-nos à letra de um dever cujo espírito estava obscurecido. Você nos empurrava instintivamente, não mais a vencer — o que era impossível —, mas a vir a ser. Sabia, tão bem quanto nós, que as informações obtidas não seriam transmitidas a ninguém, mas preservava os ritos cujo poder estava oculto. Interrogava-nos seriamente — como se as nossas respostas tivessem alguma utilidade — sobre os parques de tanques, os cargueiros, os caminhões, as estações, os comboios nas estações. Parecia-me, inclusive, de uma revoltante má-fé:

— Sim! Sim! Vê-se muito bem do lugar do piloto.

E, no entanto, o senhor tinha razão, comandante Alias.

Foi quando sobrevoava Arras que tomei ciência dessa multidão. Somente estou ligado a quem me entrego, somente compreendo a quem desposo. Somente existo na medida em que as fontes das minhas raízes me irrigam. Pertenço a essa multidão, e essa multidão me pertence. A 530 quilômetros por hora e a 200 metros de altitude, desembarco da minha nuvem e desposo essa multidão durante a tarde como o pastor que, com uma olhadela, conta, reúne e recolhe seu rebanho. Essa multidão não é mais uma multidão: é um povo. Como ficaria sem esperança?

Apesar da putrefação da derrota, levo em mim esse júbilo grave e perdurável de quem acaba de receber um sacramento. Mergulho na incoerência e, no entanto, sinto-me vencedor. Qual dos meus companheiros não traz em si esse vencedor ao voltar de sua missão? O capitão Pénicot relatou-me um voo: "Quando me parecia que uma das armas automáticas ia acertar em cheio, precipitava-me direto nela, a toda a velocidade em voo rasante, e lançava um esguicho de metralhadora que apagava dum sopro aquela luz avermelhada, como uma lufada de vento apaga uma vela. Um décimo de segundo mais tarde e passaria como um vendaval por cima da esquadrilha... Era como se a arma tivesse explodido! Encontrava a equipe de servidores dispersa, desbaratada pela fuga. Tinha a impressão de que jogava boliche". Pénicot ria, magnificamente. Pénicot, capitão vencedor!

Sei que a missão terá transfigurado até aquele metralhador de Gavoille que, apanhado de noite na basílica construída por oitenta projetores de guerra, passou, como num casamento de soldados, sob a abóbada das espadas.

— Pode tomar 94 graus.

Dutertre acabara de orientar-se pelo Sena. Desci a uma altitude de cerca de cem metros. O solo arrastava-se em nossa direção, a 530 quilômetros horários, grandes retângulos de alfafa ou de trigo, além de florestas triangulares. Experimentei um bizarro prazer físico ao observar o degelo que, ininterruptamente, dividia minha roda de proa. Lá embaixo, apareceu o Sena. Quando o atravessei em linha oblíqua, vi-o esquivar-se como se girasse sobre si mesmo. Esse movimento produziu em mim o mesmo prazer que o gesto suave da foice que ceifa. A bordo, era eu quem mandava. Os reservatórios aguentavam bem. Iria ganhar um copo de Pénicot no pôquer de ases e, em seguida, derrotaria Lacordaire em uma partida de xadrez. Eis o meu modo de ser quando saio vencedor.

— Meu capitão... atiram sobre nós... estamos em zona proibida...

É ele quem calcula a navegação. Estou isento de qualquer censura.

— Atiram muito?

— Atiram como podem...

— Devemos dar meia-volta?

— Oh, não...

O tom da fala é de desilusão. Conhecemos o dilúvio. Nossa artilharia antiaérea não passa de uma chuva primaveril.

— Dutertre... você sabe... é estúpido deixar-se abater em sua própria casa!

— ... derrubarão nada... isso somente lhes serve para treino.

Dutertre está amargo.

Não estou amargo, sinto-me feliz. Gostaria de falar aos homens do meu grupo.

— Hum... sim... atiram como uns...

Espere, aquele está vivo! Reparo que o meu metralhador ainda não se dignou uma única vez de manifestar espontaneamente a sua existência. Digeriu toda a aventura sem experimentar a necessidade de se comunicar. A menos que tenha sido ele quem pronunciasse aquele "Ah! lá! lá!" no canhoneio mais intenso. De qualquer maneira, não prodigalizou confidências.

Todavia, tratava-se de sua especialidade: a metralhadora. Quando se tratava disso, não havia quem conseguisse deter os especialistas.

Não posso deixar de opor esses dois universos: o do avião e o do solo. Acabo de arrastar Dutertre e o meu metralhador para além dos limites permitidos. Vimos a França arder. Vimos o mar brilhar. Envelhecemos na elevada altitude. Debruçamo-nos sobre uma terra longínqua, como se fosse vitrine de museu. Brincamos no sol com a poeira dos caças inimigos. Depois, baixamos. Lançamo-nos no incêndio. Sacrificamos tudo. Aprendemos muito mais lá acerca de nós mesmos do que teríamos aprendido em 10 anos de meditação. Saímos finalmente desse mosteiro de 10 anos.

E eis que nessa estrada, que talvez sobrevoamos quando nos dirigíamos a Arras, voltamos a encontrar a caravana, que não deve ter avançado mais do que 500 metros.

No tempo que eles gastam para levar um carro até o acostamento, para mudar uma roda, a tamborilar ao volante, a deixar que um atalho transversal liquide os seus próprios destroços, teremos retomado a nossa escala.

Cavalgamos a derrota em sua totalidade. Somos como aqueles peregrinos que o deserto não atormenta, embora os faça sofrer, porque em seu coração já habitam a cidade santa.

A noite que cai encerrará essa multidão solta em seu estábulo da desgraça. O rebanho amontoa-se. A quem gritaria? Contudo, é-nos dado correr ao encontro dos camaradas, e parece-me que nos apressamos para uma festa. Do mesmo modo, uma simples cabana, se estiver iluminada a distância, transforma a noite mais rude de inverno em noite de Natal. Ali, aonde vamos, seremos acolhidos; ali, aonde vamos, comungaremos com o pão da noite.

Por hoje, basta de aventuras: estou feliz e cansado ao mesmo tempo. Deixarei aos mecânicos o avião, valorizado por seus buracos. Despi a pesada vestimenta de voo, e, como já era demasiado tarde para disputar um copo com Pénicot, simplesmente fui sentar--me para jantar entre meus companheiros...

Estamos atrasados. Os meus camaradas em atraso não voltam mais. Estão atrasados? É demasiado tarde. Tanto pior para eles. A noite embala-os na eternidade. É durante o jantar que o Grupo conta seus mortos.

Os desaparecidos embelezam-se na memória. Vestimos-lhes para sempre com o seu sorriso mais diáfano. Renunciaremos a esse privilégio, surgiremos fraudulentamente, à maneira dos anjos maus e dos caçadores furtivos. O comandante ficará sem engolir o seu naco de pão, olhará para nós, e talvez diga: "Ah!... aqui estão..." Os companheiros não vão dar um pio. Mal olharão para nós.

Outrora, tinha pouca estima pelos adultos. Estava errado. Nunca envelhecemos. Comandante Alias! Os homens são puros mesmo no momento de regresso: "Aqui estás tu, que és um dos nossos...". E o pudor institui o silêncio.

Comandante Alias, comandante Alias... saboreei dessa comunidade entre vocês como um cego aprecia o fogo. O cego senta-se e estende as mãos, e não sabe de onde lhe vem o prazer. Voltamos das nossas missões sequiosos de uma recompensa de gosto desconhecido, que é simplesmente o amor.

Muitas vezes, não atinamos para o amor que existe ali. O amor no qual nós ordinariamente pensamos é de uma feição mais patética e tumultuosa. Mas aqui, trata-se do autêntico amor: uma rede de laços que nos permite ser.

CAPÍTULO XXIV

PERGUNTEI AO CASEIRO quantos eram os instrumentos e ele respondeu:

— Não conheço nada do seu negócio. Contudo, tudo leva a crer que faltam alguns instrumentos: os que nos teriam feito ganhar a guerra... Quer jantar conosco?

— Já jantei.

Todavia, fez-me sentar à força entre a sobrinha e a mulher:

— Você, sobrinha, afaste-se um pouco... Dê lugar ao capitão.

E descubro que não estou ligado unicamente aos companheiros, senão, por meio deles, a todo o meu país. O amor, uma vez que germinou, lança raízes que nunca mais terminam de crescer.

O caseiro corta o pão em silêncio. Os cuidados do dia enobreceram-no de uma gravidade austera. Garante, talvez pela última vez, essa partilha como se exercesse um culto.

E penso nos campos vizinhos, que produziram a matéria desse pão. O inimigo deve invadi-los amanhã. Que ninguém espere um tumulto de homens armados! A terra é grande. Pode ser que a invasão se manifeste por meio de uma única sentinela solitária, perdida ao largo da imensidão dos campos, um marco cinzento à beira do trigal. Nada terá mudado em aparência, mas, quando se trata do homem, um sinal é o bastante para que tudo seja diferente. O sopro do vento que passará pela seara vai se assemelhar ao sopro da brisa do mar. Mas, se o sopro do vento na seara nos parece ainda mais amplo, é porque, ao percorrê-lo, procede ao inventário de um patrimônio. Certifica-se do futuro. É uma carícia dispensada à esposa, mão pacífica em uma cabeleira.

Esse trigo terá mudado amanhã. O trigo não é um mero alimento carnal. Alimentar o homem não é o mesmo que engordar cabeças de gado. O pão desempenha muitos papéis! Aprendemos a reconhecer no pão um instrumento da comunidade dos homens, devido ao pão que se divide em conjunto. Aprendemos a reconhecer no pão a grandeza do trabalho, devido ao pão que se ganha com o suor do rosto. Aprendemos a reconhecer no pão o veículo essencial da piedade, por causa do pão que se distribui nos tempos de miséria. O sabor do pão dividido não tem igual. Eis que, agora, todo o poder desse alimento espiritual, do pão espiritual que nascerá desse campo de trigo, está em perigo. Amanhã, quando o meu caseiro cortar o pão, talvez já não sirva a mesma religião familiar. É provável que amanhã o pão já não alimente a mesma luz de olhares. Acontece com o pão o mesmo que com o óleo das candeias. Converte-se em luz.

Observo a sobrinha do meu anfitrião, que é muito bela, e digo a mim mesmo: por meio dela o pão converte-se em graça melancólica, em pudor, na doçura do silêncio. Mas se o mesmo pão alimenta amanhã a mesma candeia, em virtude de uma simples mancha cinzenta à beira de um oceano de trigo, talvez já não dê a mesma luz. O essencial do poder do pão terá mudado.

Minha luta foi menos para salvar o alimento dos corpos do que para preservar a qualidade de uma luz. Combati pelo brilho particular em que se transfigura o pão nos lares do meu país. A princípio, o que mais me comove naquela mocinha discreta é a sua aparência imaterial; é não saber a relação entre as linhas de um rosto; é o poema lido na página — não a página em si. Ela sentiu-se observada. Levantou os olhos para mim. Tenho a impressão de que me dirigiu um sorriso... Aquilo foi apenas um sopro sobre a fragilidade das águas. Tal aparição perturba-me. Com uma misteriosa presença, sinto a alma particular daquele lugar, e não de outro. Saboreio uma paz que me leva a dizer: "é a paz dos reinos silenciosos...". Eu vi brilhar a luz do trigo.

O rosto da sobrinha tornou-se novamente liso sobre um fundo de mistério. A dona da casa suspirou, olhou à sua volta e calou-se. O caseiro, que pensa no dia de amanhã, refugiou-se em sua sabedoria. Sob o silêncio de todos eles, descobri uma riqueza interior semelhante ao patrimônio de uma aldeia e, assim como esta, ameaçada.

Uma estranha evidência fez-me sentir responsável por essas provisões invisíveis. Deixei minha fazenda para trás. Caminhava a passos lentos. Levava sobre os meus ombros o peso que resultava antes suave do que incômodo, como se fosse uma criança adormecida em meu peito. Prometera a mim mesmo esse diálogo com a minha aldeia. Mas não tinha nada a dizer. Era como o fruto bem agarrado à árvore, em que havia pouco pensava, quando a angústia acalmou-se.

Sentia-me ligado ao meu país, era tudo. Pertencia-lhes, como eles me pertenciam. Assim que o meu caseiro distribuiu o pão, não deu nada, compartilhou e intercambiou. O mesmo trigo circulou entre nós. O caseiro não ficou mais pobre, pelo contrário: enriqueceu-se, pois se alimentava de um pão melhor, que fora convertido em pão de uma comunidade. Quando, nesta tarde, decolei por eles em missão de guerra, também não lhes dei nada. Nós, do Grupo, não lhes damos nada. Somos sua parte no sacrifício da guerra. Compreendo perfeitamente que Hochedé faça a guerra sem grandes palavras, como um ferreiro que trabalha para a aldeia. "Quem és tu? — Sou o ferreiro da aldeia." E o ferreiro trabalha feliz.

Se agora que eles parecem desesperar eu espero, nem por isso me distingo. Sou simplesmente sua parte de esperança. Com efeito já estamos vencidos. Tudo está em suspenso, tudo desmorona. No entanto, continuo a experimentar a tranquilidade de um vencedor. As palavras são contraditórias? Quero lá saber das palavras! Sou como Pénicot, Hochedé, Alias, Gavoille. Não dispomos de linguagem alguma para justificar o nosso sentimento de vitória. Contudo, sentimo-nos responsáveis. Ninguém pode sentir-se responsável e desesperado ao mesmo tempo.

Derrota... Vitória... Não sei valer-me dessas fórmulas. Há vitórias que exaltam, outras que abastardam. Derrotas que assassinam, outras que despertam. Não se pode enunciar a vida por estados, mas por tentativas. A única vitória de que eu não posso duvidar é a que reside no poder das sementes. Mal a semente é semeada ao largo das terras negras e já a vemos vitoriosa. Todavia, é preciso que o tempo passe para assistirmos ao seu triunfo no trigo.

Nesta manhã havia apenas um exército desmantelado e uma multidão desconexa. Mas bastava uma consciência dessa multidão caótica, organizando-se, para que imediatamente deixasse de ser caótica. As pedras do canteiro não estavam desconexas senão na aparência, porque, perdido no canteiro, havia um homem — ainda que estivesse sozinho — para pensar a catedral. Não me inquieto com o lodo disperso se ele abriga uma semente. A semente vai absorvê-lo para construir. Toda pessoa que se entrega à contemplação transforma-se em semente. Todo homem que descobre uma evidência puxa alguém pela manga para mostrá-la. Quem inventa alguma coisa trata de divulgar de imediato sua invenção. Não sei como um Hochedé há de se expressar ou agir, mas pouco me importa, já que difundirá a fé tranquila à sua volta. Entrevejo melhor o princípio das vitórias: aquele que ocupa um lugar de sacristão ou se dedica a fabricar cadeiras na catedral construída, já está vencido. Mas quem quer que leve no coração uma catedral a construir, este será de antemão um vencedor. A vitória é fruto do amor. Somente o amor reconhece o rosto a modelar. Somente o amor conduz para si. A inteligência somente tem valia a serviço do amor.

O escultor está "grávido" do peso de sua obra: pouco importa se ainda não sabe como modelá-la. De dedada em dedada, de erro em erro, de contradição em contradição, irá, por meio da argila, em linha reta, para sua criação. Nem a inteligência nem o juízo são em si criadores. Se o escultor limita-se à ciência e à inteligência, suas mãos carecerão de gênio.

Enganamo-nos por muito tempo acerca do papel da inteligência. Negligenciamos a substância do homem. Acreditamos que o virtuosismo das almas baixas podia ajudar no triunfo das causas nobres, que o egoísmo hábil podia exaltar o espírito do sacrifício, que a aridez do coração seria capaz de, pelo vento dos discursos, fundar a fraternidade ou o amor. Desprezamos o ser. A semente do cedro, queira-se ou não, vai converter-se no cedro. A semente da amora vai converter-se em amora. Doravante, recusar-me-ei

 ANTOINE DE SAINT-EXUPÉRY

a julgar o homem com base em fórmulas que justificam as suas decisões. É muito fácil enganar-se sobre a caução das palavras ou sobre a direção dos atos. Ignoro se aquele homem que se dirige para casa vai ao encontro da disputa ou do amor. Antes, perguntarei a mim mesmo: "A que classe de homem ele faz parte?". Somente assim saberei de suas inclinações e seus propósitos. Afinal, sempre seguimos na direção de nossas inclinações.

Urgida pelo sol, a semente sempre encontra o seu caminho em meio ao cascalho do terreno. A lógica pura, se não houver sol que a atraia, afoga-se na confusão dos problemas. Recordarei a lição que me deu o próprio inimigo. Que direção havia de seguir a coluna blindada para investir contra a retaguarda do inimigo? Ele sabia a resposta. Como deve ser a coluna blindada? Tem de ser como a pressão do mar contra um dique.

O que é preciso fazer? Isto. Ou o contrário. Ou outra coisa. Não há determinismo algum do futuro. O que é preciso ser? Eis a questão essencial, pois somente o espírito fertiliza a inteligência; fecunda-a com a obra futura que a inteligência conduzirá a bom termo. O que o homem deve fazer para criar o primeiro navio? A fórmula é extremamente complicada. É provável que o navio saia de milhares de sondagens contraditórias. Mas o que deve ser esse homem? É neste ponto que agarro a criação em sua raiz. Deve ser mercador ou soldado, pois, então, por amor às terras longínquas, suscitará necessariamente os técnicos, contratará os operários e lançará, um dia, o seu navio! O que é preciso fazer para desaparecer com uma floresta inteira? Ah! Isso é muito difícil... O que é preciso? É preciso um incêndio!

Entraremos amanhã pela noite. Que o meu país ainda exista quando a luz do dia raiar! O que faremos para salvá-lo? Como enunciar uma solução simples? As necessidades são contraditórias.

PILOTO DE GUERRA

O importante é salvar a herança espiritual, sem o que a raça vai se ver privada de seu gênio. O que importa é salvar a raça, sem o que a herança vai perder-se. Os lógicos, na ausência de uma linguagem que concilie os dois salvamentos, serão tentados a sacrificar a alma ou o corpo. Quero que o meu país exista — no seu espírito e na sua carne — quando o dia voltar. Para agir de acordo com o bem do meu país, é preciso que eu me incline para essa direção, com todo o meu amor, em cada momento. Não há passagem que o mar não abra, se ele exerce pressão.

Não me cabe absolutamente nenhuma dúvida acerca da salvação. Compreendo melhor a minha imagem do fogo para o cego. Se o cego dirige-se para o fogo, é porque a necessidade do fogo nasceu nele, o fogo já o governa. Se o cego procura o fogo, é porque já o encontrou. Do mesmo modo, o escultor já é senhor da sua criação quando se debruça sobre a argila. E o mesmo acontece conosco. Sentimos o calor dos nossos laços, eis por que já somos vencedores.

Nossa comunidade já nos é sensível. É certo que teremos de expressá-la para nos unirmos a ela, o que implica um esforço de consciência e de linguagem. Mas, de forma a não perdermos nada da sua substância, precisamos também ficar surdos às armadilhas das lógicas provisórias, das chantagens e das polêmicas. Acima de tudo, não devemos renegar nada daquilo que somos.

Eis a razão pela qual, no silêncio da minha noite aldeã, recostado a uma parede, começo, no retorno da minha missão em Arras — e esclarecido, parece-me, por ela —, a me impor regras que nunca mais trairei.

Uma vez que sou deles, jamais renegarei os meus, façam eles o que fizerem. Nunca falarei contra eles diante de outrem. Se for possível defendê-los, tratarei de defendê-los. Se me cobrirem de vergonha, encerrarei essa vergonha em meu coração, e vou calar--me. Não importa o que eu pense a respeito deles, nunca servirei de testemunha de acusação. Um marido não vai de casa em casa para informar seus vizinhos que a esposa é uma prostituta. Não é assim que salvará a sua honra, pois sua mulher é da sua casa, e não pode nobilitar-se em detrimento dela. Somente após retornar à sua casa é que tem o direito de manifestar sua cólera.

Portanto, não vou deixar de me solidarizar com uma derrota que, com frequência, vai humilhar-me. Sou da França. A França gerava gente da estirpe de Renoir[21], Pascal[22], Pasteur, Guillaumet, Hochedé! Gerava também incapazes, políticos e trapaceiros. No entanto, parece-me leviandade invocar alguns e negar qualquer parentesco em relação aos outros.

A derrota divide. A derrota desfaz o que estava feito. É portadora de uma ameaça de morte: não estou disposto a contribuir para essas divisões, lançando a responsabilidade do desastre sobre aqueles que, dentre os meus, pensem diferente de mim. Não conseguimos nada com esses processos sem juiz. Todos fomos vencidos. Eu fui vencido. Hochedé foi vencido. Ele não empurrava a derrota para os outros. Dizia a si mesmo: "Eu, Hochedé, homem da França, fui fraco. A França de Hochedé foi fraca. Fui fraco nela, com ela o foi em mim". Hochedé sabia perfeitamente que, uma vez que se desligasse dos seus, glorificaria somente a si próprio. Então, já não

---

21 Trata-se do pintor Pierre-Auguste Renoir (1843-1919), um dos principais expoentes do movimento impressionista.
22 Blaise Pascal (1623-1662), matemático, filósofo e teólogo jansenista francês, autor de pelo menos duas obras-primas da literatura francesa e ocidental, respectivamente *Lettres provinciales* (*Cartas provinciais*, 1656-1657) e *Pensées* (*Pensamentos*, de 1670, póstuma).

seria o Hochedé de uma casa, de uma família, de um Grupo, de uma pátria. Seria, tão somente, o Hochedé de um deserto.

Se consinto em ser humilhado pela minha casa, posso agir sobre ela, que é minha, assim como sou dela. Mas caso recuse a humilhação, a casa vai se desarticular por sua conta e irei sozinho, coberto de glória, contudo bem mais vazio do que um morto.

Para ser, é preciso, antes de tudo, tornar-se responsável. Ainda há pouco estava cego. Estava amargurado. Contudo, agora, julgo com mais clareza. Assim como não estou disposto a queixar-me dos outros franceses, posto que me sinto um cidadão da França, também não concebo que esse país se queixe do mundo. Cada um é responsável por todos. A França era responsável pelo mundo. Poderia ter oferecido a medida comum que teria unido o mundo. O país poderia ter servido ao mundo como arco de abóbada. Se a França tivesse tido o sabor e o esplendor da França, o mundo inteiro teria resistido por meio dela. De agora em diante, abjuro das minhas censuras ao mundo. A França tinha a obrigação de servir-lhe de alma, se o mundo carecesse dela.

A França poderia ter-se ajudado por sua conta. O meu Grupo 2/33 ofereceu-se como voluntário para a guerra da Noruega e da Finlândia, sucessivamente. O que representavam a Noruega e a Finlândia para os soldados e os suboficiais de meu país? Sempre tive a impressão de que aceitavam morrer, confusamente, devido a certo atrativo pelas festas natalinas. A preservação desse sabor no mundo parecia-lhes justificar o sacrifício da vida deles. Se tivéssemos sido o Natal do mundo, o mundo teria sido salvo por meio de nós.

A comunidade espiritual dos homens do mundo não jogou a nosso favor. Mas, ao fundar essa comunidade dos homens no mundo, teríamos salvado o mundo e a nós mesmos. Falhamos no desempenho dessa tarefa. Cada um é responsável por todos. Compreendo, pela primeira vez, um dos mistérios da religião donde saiu a civilização que reivindico como minha: "Carregar os pecados dos homens...". E cada um de nós leva todos os pecados da humanidade inteira.

CAPÍTULO XXV

QUEM SE ATREVE A VER NISSO uma doutrina de fracos? O chefe é aquele que carrega todo o peso. Ele diz: "fui derrotado" e não: "os meus soldados foram derrotados". Um autêntico homem expressa-se assim. Hochedé diria: "Sou o responsável".

Compreendo o sentido da humildade. Ela não consiste em denegrir-se a si mesmo, mas é o próprio princípio da ação. Se, na intenção de me absolver, explico as minhas desventuras por meio da fatalidade, submeto-me à fatalidade. Se as explico pela traição, submeto-me à traição. Mas, se assumo a responsabilidade da falta, reivindico o meu poder de homem. Posso agir sobre aquilo a que pertenço. Sou parte constituinte da comunidade dos homens.

Há, pois, alguém em mim a quem eu combato para me elevar. Foi preciso essa árdua viagem para que eu distinguisse mais ou menos em mim o indivíduo que combato do homem que cresce. Não sei o que vale a imagem que me ocorre, mas digo a mim mesmo: o indivíduo não passa de um caminho. O Homem que o empreende é o único que conta.

As verdades polêmicas já não me satisfazem. De que serve acusar os indivíduos? Não passam de vias e de passagens. Já não posso atribuir o congelamento das metralhadoras à negligência dos funcionários, nem a ausência dos povos amigos ao seu egoísmo. É certo que a derrota expressa-se por falhas individuais. Contudo, uma civilização modela os homens. Se a civilização que reclamo como minha vê-se ameaçada pelo desfalecimento dos indivíduos, tenho o direito de me perguntar por que não os modelou de outra maneira.

Uma civilização, tal como uma religião, acusa-se a si própria quando se lamenta da moleza dos indivíduos. Tem, sim, o dever de exaltá-los. Da mesma maneira, quando se queixa do ódio dos infiéis, a igreja tem a obrigação de convertê-los. Ora, a minha — que outrora deu tantos testemunhos, inflamou os apóstolos, acabou com violências, libertou povos escravos — não tem sabido atualmente nem exaltar, nem converter. De modo que, se eu quiser estender a raiz das diversas causas da minha derrota, se tiver a ambição de reviver, antes devo reencontrar o fermento que perdi.

Porque ocorre com uma civilização o mesmo que com o trigo, o qual alimenta o homem que, por sua vez, preserva o trigo, cuja semente armazena. A reserva de sementes é respeitada, de geração em geração de trigos, como uma herança.

Não basta saber qual é o trigo que desejo para que ele vingue. Se o meu intento é o de salvar um tipo de homem — e o seu poder —, devo salvar também os princípios nos quais ele se baseia.

Ora, se conservei a imagem da civilização que reivindico como minha, perdi as regras que a transportavam. Descubro esta noite que as palavras que eu empregava já não se referem ao essencial. Pregava, por exemplo, a democracia, sem ao menos suspeitar que, por esse termo, no tocante às qualidades e à sorte do homem, entendia não um conjunto de regras, mas de desejos. Queria que os homens fossem fraternais, livres e felizes. Certamente, quem não estaria de acordo? Sabia explicar "como" deve ser o homem, e não "quem" deve ser.

Falava, sem precisar as palavras, sobre a comunidade dos homens. Como se o clima a que eu aludia não fosse fruto de uma arquitetura particular. Pensava que evocava uma evidência natural, embora não exista evidência natural. Um exército fascista, um mercado de escravos também representam comunidades de homens.

Eu já não habitava essa comunidade de homens na qualidade de arquiteto. Beneficiava-me da sua paz, da sua tolerância, do seu bem-estar, mas não sabia nada a seu respeito, a não ser que nela me albergasse como o sacristão ou o fabricante de cadeiras. Portanto, como parasita. Como vencido.

Assim são os passageiros de um navio que o utilizam sem dar-lhe nada em troca. Ao abrigo dos salões, que consideram o seu marco absoluto, passam o tempo a brincar, ignorando o trabalho dos homens do leme sob a eterna pressão do mar. Com que direito vão se queixar depois, quando a tempestade desmantelar-lhes o navio?

Se os indivíduos se envilecem, se estou vencido, de que posso me queixar?

Há uma medida comum das qualidades que eu gostaria que os homens da minha civilização tivessem; há um arco de abóboda na comunidade particular que lhes compete fundar. Há um princípio a partir do qual tudo — raízes, tronco, ramos e frutos — outrora saiu. Qual é? Uma semente poderosa no terreno dos homens. Apenas ela pode fazer-me vencedor.

Tenho a sensação de compreender muitas coisas na minha estranha noite da aldeia. O silêncio é de uma qualidade extraordinária.

O menor ruído é o bastante para preencher todo o espaço, como se fora um sino. Nada me é estranho. Nem esse mugido do gado, nem esse apelo longínquo, nem esse barulho de uma porta que se fecha. Tudo se passa como em mim mesmo. Tenho de me apressar para colher o sentido de um sentimento que se pode esvair...

Digo a mim mesmo: "É o tiroteio de Arras...". O tiroteio quebrou uma carapaça. Não resta dúvida de que estive, durante todo o dia, preparando a morada em mim. Não passava de um administrador rabugento. Assim é o indivíduo. Mas eis que o Homem apareceu. Instalou-se no meu lugar sem a menor cerimônia. Olhou para a multidão dispersa e viu um povo. O seu povo. O Homem, medida comum desse povo e de mim mesmo. Eis por que, ao correr na direção do Grupo, tinha a impressão de correr ao encontro de um grande fogo. O Homem olhava pelos meus olhos — o Homem, medida comum dos companheiros.

Isto é um sinal? Estou assaz disposto a acreditar nos sinais... Esta noite, tudo é entendimento tácito. Todo ruído me atinge como uma mensagem límpida e obscura ao mesmo tempo. Ouço uns passos tranquilos preencherem a noite.

— Boa noite, capitão...

— Boa noite!

Não o conheço, foi entre nós como que um "olá" que os barqueiros trocam de um barco a outro.

Mais uma vez, experimentei o sentimento de um parentesco miraculoso. O Homem que me habita esta noite não termina de enumerar os seus. O Homem, medida comum dos povos e das raças...

Aquele homem regressava com a sua cota de preocupações, de pensamentos e de imagens; com sua carga de si mesmo, encerrado em si mesmo. Poderia tê-lo abordado para falar com ele. Na brancura de um caminho de aldeia, teríamos trocado algumas das nossas lembranças. É assim que os mercadores trocam tesouros e chegam a se cruzar ao regressar às ilhas.

Em minha civilização, aquele que difere de mim, longe de me lesar, somente me enriquece. A nossa unidade, para além de nós, alicerça-se no Homem. É o que se passa com as nossas discussões noturnas, no Grupo 2/33, que, longe de prejudicarem a nossa amizade, antes a amparam, porque ninguém tem a intenção de ouvir o seu próprio eco ou observar-se em um espelho. Do mesmo modo, encontram-se no Homem os franceses da França e os noruegueses da Noruega. O Homem liga-os na sua unidade ao mesmo tempo que exalta, sem os contradizer, os seus costumes particulares. A árvore também se manifesta por meio de ramos que não têm semelhança alguma com as raízes. Portanto, se ali escrevem contos na neve, cultivam tulipas na Holanda, improvisam flamencos na Espanha, tudo isso enriquece o Homem. Deve ter sido por isso que nós, os do Grupo, desejamos combater pela Noruega...

E, chegando a esse ponto, tenho a impressão de que chego ao fim de uma longa peregrinação. Entretanto, como no despertar de um sonho, não descubro nada e limito-me a rever o que já não via.

A minha civilização repousa sobre o culto do Homem por meio dos indivíduos. Empenhou-se, por séculos a fio, em manifestar o Homem, tal como teria ensinado a distinguir uma catedral por meio das pedras. Pregou esse Homem que dominava o indivíduo...

Porque o Homem da minha civilização não se define com base nos homens, mas são os homens que se definem com base nele. Há nele, como em todo o ser, alguma coisa que os materiais que o constituem não explicam. Uma catedral é algo totalmente diferente de um somatório de pedras: é geometria e arquitetura. Não são as pedras que a definem, e sim ela que enriquece as pedras com o seu próprio significado, pedras que se nobilitam por ser de uma catedral. As pedras mais diversas servem à sua unidade, de modo que a catedral absorve até as gárgulas mais grotescas no seu cântico.

Mas, pouco a pouco, fui perdendo de vista a minha verdade. Pensei que o Homem resumia os homens, como a Pedra resume as pedras. Confundi a catedral com a soma das pedras e, pouco a pouco, a herança esvaiu-se. Urge restaurar o Homem. Ele é a essência da minha cultura, a chave da minha comunidade, o princípio da minha vitória.

CAPÍTULO XXVI

É MUITO CÔMODO BASEAR a ordem de uma sociedade na submissão de cada um dos seus membros às regras fixas. É bastante cômodo formar um homem que, além de cego, tolere sem protestar um mestre ou um Alcorão.[23] No entanto, muito mais valiosa é a conquista que trata de fazer que o homem, para libertar-se, reine sobre si mesmo.

Mas o que significa libertar-se? Se, no deserto, liberto um homem que não sente nada, o que significa sua liberdade? Somente há liberdade para "alguém" que vai a algum lugar. Libertar o homem seria mostrar-lhe que tem sede e traçar-lhe o caminho para um poço. Somente, então, é que se lhe ofereceriam possibilidades com alguma significação. Libertar uma pedra não significaria nada sem a gravidade, pois a pedra, uma vez livre, não iria a parte alguma.

---

23 Livro sagrado do Islã que os muçulmanos consideram como a palavra literal de Deus (Alá) revelada ao profeta Maomé (Muhammad).

Ora, a minha civilização buscou fundar as relações humanas no culto do Homem para além do indivíduo, a fim de que o comportamento de cada pessoa em relação a si mesma, ou para com os demais, deixasse de ser conformismo cego à maneira de um formigueiro, mas livre exercício do amor.

O caminho invisível da gravidade liberta a pedra. As vertentes invisíveis do amor libertam o homem. A minha civilização buscou fazer de cada homem o embaixador de um mesmo príncipe; tomou o indivíduo como caminho ou mensagem maior do que ele próprio, oferecendo direções imantadas à liberdade da sua ascensão.

Conheço perfeitamente a origem desse campo de forças. Durante séculos, minha civilização contemplou Deus por meio dos homens. O homem era criado à imagem de Deus. Respeitava-se Deus no homem. Os homens eram irmãos em Deus. Esse reflexo de Deus conferia uma dignidade inalienável a cada homem. As relações do homem com Deus serviam de fundamento evidente aos deveres de cada homem para consigo próprio ou para com os outros.

A minha civilização é herdeira dos valores cristãos. Refletirei um pouco sobre a construção da catedral, a fim de compreender melhor a sua arquitetura.

A contemplação de Deus instituía os homens iguais, porque eram iguais em Deus. E essa igualdade tinha uma significação clara. Porque somente é possível ser igual em algo. O soldado e o capitão são iguais na nação, mas, se não houver algo em que estabelecer essa igualdade, ela não passa de uma palavra vazia de sentido.

Compreendo claramente o motivo da igualdade, que era a igualdade dos direitos de Deus por meio dos indivíduos e proibia que se limitasse a ascensão de alguém. Deus podia decidir tomá-lo por caminho. Mas, como se tratava também de igualdade dos direitos de Deus "sobre" os indivíduos, compreendo por que eles, quaisquer que fossem, estavam sujeitos aos mesmos deveres e ao mesmo respeito pelas leis. Como exprimiam Deus, eram iguais em seus direitos. Como serviam a Deus, eram iguais em seus deveres. Compreendo por que uma igualdade estabelecida em Deus não acarretava contradição nem desordem. A demagogia aparece quando, na ausência de uma medida comum, o princípio da igualdade abastarda-se em princípio de identidade. Então, o soldado recusa-se a fazer a continência ao capitão, porque, ao saudar o capitão, honraria um indivíduo, não a nação.

A minha civilização, herdeira de Deus, fez os homens iguais no Homem.

Compreendo agora a origem do respeito que os homens têm uns pelos outros. O sábio devia respeito ao próprio soldado, já que, por meio dele, respeitava a Deus, de quem o soldado também era embaixador. Quaisquer que fossem o valor de um e a mediocridade de outro, ninguém podia pretender reduzir o outro à escravatura. Não se humilha um embaixador. Mas esse respeito pelo homem não levava a prosternação degradante diante da mediocridade, da estupidez ou da ignorância de um indivíduo, uma vez que se honrava essa qualidade de embaixador de Deus acima de tudo. Era assim que o amor de Deus fundava relações nobres entre os homens, porque todos os assuntos tratavam-se de Embaixador para Embaixador, para além das qualidades individuais.

A minha civilização, herdeira de Deus, fundou o respeito pelo homem por meio dos indivíduos.

*

Compreendo agora a origem da fraternidade entre os homens. Os homens eram irmãos em Deus. Somente se pode ser irmão *em* alguma coisa. Se não houver laço que os una, os homens encontram-se justapostos, não ligados. Não se pode ser irmão sem mais nada. Os meus companheiros e eu somos irmãos *no* Grupo 2/33. Os franceses, *na* França.

A minha civilização, herdeira de Deus, tornou os homens irmãos no Homem.

Compreendo agora o sentido dos deveres de caridade que me pregavam. A caridade servia a Deus por intermédio do indivíduo. Era devida a Deus, por maior que fosse a mediocridade do indivíduo. Tal caridade não humilhava o beneficiário, nem o amarrava com as cadeias da gratidão, pois não era a ele, mas a Deus, que a dádiva se dirigia. Por sua vez, o exercício dessa caridade nunca era homenagem prestada à mediocridade, à estupidez ou à ignorância. O médico devia empenhar sua vida nos cuidados do mais vulgar dos pestilentos, pois servia a Deus. Não ficava diminuído por passar uma noite em claro à cabeceira de um ladrão.

Foi assim que a minha civilização, herdeira de Deus, fez da caridade uma dádiva ao Homem por meio do indivíduo.

*

Compreendo agora a significação profunda da humildade que se exige ao indivíduo. Longe de rebaixá-lo, elevava-o; esclarecia--lhe acerca de seu papel de Embaixador. Da mesma maneira que o obrigava a respeitar a Deus na pessoa dos outros, obrigava-o também a respeitá-lo em si próprio, a converter-se em mensageiro de Deus, em caminho para Deus. Impunha-lhe a obrigação de esquecer-se de si próprio para tornar-se maior porque, tão logo o indivíduo se exaltasse a respeito de sua própria importância, o caminho convertia-se em muro.

A minha civilização, herdeira de Deus, pregou também o respeito para si próprio, isto é, o respeito do homem por meio da própria pessoa.

Compreendo, enfim, por que o amor de Deus tornou os homens responsáveis uns pelos outros, impondo-lhes a Esperança como virtude. Pelo fato de converter cada um deles em um embaixador do próprio Deus, depositava nas mãos deles a salvação de todos. Ninguém tinha o direito de desesperar-se, pois era um mensageiro superior a si mesmo. O desespero implicava em renegar Deus em si mesmo. O dever da esperança podia traduzir-se por: "Julgas-te assim tão importante? Quanta fatuidade em teu desespero!".

A minha civilização, herdeira de Deus, tornou cada homem responsável por todos os homens, e todos os homens responsáveis por cada um. Um indivíduo tem o dever de sacrificar-se para salvar uma coletividade, mas não estamos diante de uma aritmética imbecil. Trata-se do respeito do Homem por meio do indivíduo.

Com efeito, a grandeza da minha civilização reside em que cem mineiros têm o dever de arriscar a vida para salvar um único mineiro que ficou sepultado. Eles salvam o Homem.

Sob tal prisma, compreendo nitidamente o sentido da liberdade. Semelhante a um vento favorável, é a liberdade de uma árvore para crescer no campo de forças da sua semente, é o clima de ascensão do homem. É somente graças ao vento que os veleiros são livres em alto-mar.

Um homem construído desta maneira disporia do poder da árvore. Que espaço não cobriria com suas raízes! Que massa humana não absorveria para expandi-la ao sol!

CAPÍTULO XXVII

TODAVIA, COLOQUEI TUDO a perder. Dilapidei a herança. Deixei apodrecer a noção do Homem.

Para salvar esse culto de um príncipe contemplado por meio dos indivíduos e a alta qualidade das relações humanas que esse culto fomentava, minha civilização tinha, no entanto, despendido uma energia e um gênio consideráveis. Todos os esforços do "Humanismo" visaram apenas este objetivo. O Humanismo outorgou-se por missão exclusiva iluminar e perpetuar o primado do homem sobre o indivíduo. O Humanismo pregou o Homem.

Quando, porém, fala-se do Homem, a linguagem torna-se incômoda. O Homem distingue-se dos homens. É impossível dizer alguma coisa de essencial acerca da catedral sem falar das pedras, assim como é impossível dizer alguma coisa de essencial acerca do Homem se tratamos de defini-lo exclusivamente pelas qualidades do homem. Como vemos, o Humanismo trabalhou em uma direção antecipadamente obstruída. Procurou apreender a noção de Homem por meio de uma argumentação lógica e moral para, desse modo, elevá-lo às consciências.

Não há explicação verbal que consiga substituir a contemplação. A unidade do Ser não é traduzível em palavras. Se eu quisesse ensinar a homens cuja civilização desconhecesse o que é o amor por uma pátria ou por uma propriedade, não disporia de nenhum argumento para convencê-los. São os campos, as pastagens e o gado que compõem uma propriedade. Todos, e cada um deles, têm como missão produzir riqueza. Há, no entanto, algo na propriedade que escapa à análise dos materiais que a constituem, porque há proprietários que, por amor ao seu domínio, sucumbiriam na ruína somente para salvarem-na. E, pelo contrário, é esse "algo" que enobrece com uma qualidade particular os materiais, que se convertem em gado, prados e campos de uma propriedade...

É assim que nos tornamos o homem de uma pátria, de um ofício, de uma civilização, de uma religião. Entretanto, antes de apelarmos a tais seres, convém fundá-los em nós mesmos. E ali onde não existe o sentimento de pátria, não há linguagem que o possa transportar. Não é possível fundamentar em nós o Ser que invocamos, a não ser por atos. Um Ser não pertence ao reino da linguagem, mas sim aos atos. O nosso Humanismo desprezou os atos, por esse motivo fracassou em sua tentativa.

Entre nós, o ato por excelência recebeu um nome: chama-se sacrifício.

Sacrifício não significa nem amputação nem penitência. Trata-se, essencialmente, de um ato, de uma dádiva de nós mesmos ao ser que invocamos. Somente compreenderá o que é uma propriedade quem lhe tiver sacrificado uma parte de si mesmo, quem tiver lutado para salvá-la e sofrido para embelezá-la. Então, ganhará amor à propriedade, que não é o somatório de interesses — isto é um grande erro —, mas a soma das dádivas.

Enquanto minha civilização apoiou-se em Deus, logrou salvar essa noção de sacrifício que enraizava Deus no coração humano. O Humanismo negligenciou o papel essencial do sacrifício; pretendeu elevar o homem pelas palavras e não pelos atos.

Para salvar a visão do Homem por meio dos homens, dispunha apenas dessa palavra embelezada por uma maiúscula. Corríamos o risco de deslizar por uma vertente perigosa e de confundir, no futuro, o Homem com o símbolo da média ou do conjunto dos homens. Arriscávamos confundir a nossa catedral com a soma das pedras. E, pouco a pouco, perdemos a herança.

Em vez de afirmarmos os direitos do Homem por meio dos indivíduos, começamos a falar dos direitos da coletividade. Vimos introduzir-se insensivelmente uma moral do coletivo que negligencia o Homem. Essa moral explicará de maneira clara por que o indivíduo deve sacrificar-se à comunidade, mas será incapaz de explicar, sem artifícios de linguagem, por que uma comunidade deve sacrificar-se por um único homem; por que é equitativo que mil morram para livrar apenas um que seja da prisão da injustiça. Ainda nos lembramos disso, mas, pouco a pouco, vamos nos esquecendo. E, no entanto, é nesse princípio que de forma clara distingue-nos do formigueiro, que reside essencialmente a nossa grandeza.

Na ausência de um método eficaz, deslizamos da Humanidade que repousava no Homem para esse formigueiro, que repousa sobre a soma dos indivíduos.

O que tínhamos a opor às religiões do Estado ou da Massa? O que se fez da grande imagem do Homem nascido de Deus? É com bastante dificuldade que ela ainda se faz reconhecer, por meio de um vocabulário esvaziado de sua substância.

*

Ao esquecer o Homem, limitamos pouco a pouco a nossa moral aos problemas do indivíduo. Exigimos de cada um que não lese outro indivíduo; de cada pedra que não lese outra pedra, como, de fato, não se lesam reciprocamente quando se encontram espalhadas a esmo em um campo. Todavia, lesam a catedral que construíram e que, em contrapartida, lhes atribuiu sua própria significação.

Continuamos a pregar a igualdade dos homens, mas, como esquecemos o Homem, deixamos de compreender o que dizíamos. Como não sabíamos em que fundamentar a Igualdade, fizemos dela uma afirmação vaga que nunca mais soubemos utilizar. Como definir a Igualdade, no plano dos indivíduos, entre o sábio e o bruto, o imbecil e o gênio? No plano dos materiais, a igualdade exige, se pretendemos definir e realizar, que todos eles ocupem um lugar idêntico e desempenhem o mesmo papel. Ora, isso é um absurdo. O princípio da Igualdade abastarda-se, então, em princípio de Identidade.

Temos continuado a pregar a Liberdade do Homem. Mas, como esquecemos o Homem, definimos a nossa liberdade como uma licença vaga, exclusivamente limitada pelo dano causado a outrem, o que carece de significação, pois não há ato que não afete outrem. Se eu, que sou soldado, mutilo-me, fuzilam-me. O indivíduo isolado não passa de uma abstração. Quem se separa, lesa uma comunidade; quem está triste, entristece os demais.

Nunca mais soubemos servir-nos do nosso direito a uma liberdade assim compreendida, sem contradições intransponíveis. Como não sabíamos definir em que caso o nosso direito era válido e em quais não o era, fechamos hipocritamente os olhos, a fim de salvarmos um princípio obscuro no confronto com os inumeráveis entraves que qualquer sociedade necessariamente opunha às nossas liberdades.

Quanto à Caridade, nem sequer temos ousado pregá-la. Antigamente, na verdade, o sacrifício que está na base dos Seres tinha o nome de Caridade quando honrava Deus por intermédio da imagem humana. Por meio do indivíduo, dávamo-nos a Deus ou ao Homem. Todavia, como esquecemo-nos de Deus e do Homem, passamos a oferecer o nosso dom apenas ao indivíduo. Desde então, a Caridade passou a assumir o aspecto de um esforço inaceitável. É a Sociedade, e não o temperamento individual, que deve assegurar a equidade na distribuição das provisões. A dignidade do indivíduo exige que não o reduzam à vassalagem pelas liberalidades de outrem, pois seria paradoxal vermos os possuidores reivindicarem, além da posse dos seus bens, a gratidão dos que nada possuem. Mas, acima de tudo, a caridade mal compreendida voltava-se contra sua finalidade. Fundada exclusivamente sobre os movimentos da piedade para com os indivíduos, teria impedido que se exercesse o castigo pedagógico, ao passo que a autêntica Caridade, como exercício de um culto prestado ao Homem para além do indivíduo, impunha que se combatesse o indivíduo para edificar o Homem sobre ele.

Foi assim que perdemos o Homem e, ao perder o Homem, esvaziamos o calor dessa mesma fraternidade que a nossa civilização nos pregava, uma vez que se é irmão *em* alguma coisa, e não simplesmente um irmão. A partilha não assegura a fraternidade, que somente no sacrifício adquire o seu verdadeiro significado. Adquire sentido na dádiva comum a alguma coisa mais vasta do que nós. Entretanto, ao confundir essa raiz de toda existência verdadeira com um apoucamento estéril, reduzimos a nossa fraternidade a não ser mais do que uma tolerância mútua.

Deixamos de saber doar. Ora, se eu apenas pretendo doar a mim mesmo, não recebo nada, já que não construo nada daquilo a que pertenço e, portanto, não sou nada. Se, em seguida, exigem que eu morra por determinados interesses, vou recusar-me a morrer. O interesse reclama em primeiro lugar que se viva. Que impulso do amor recompensaria minha morte? Morre-se por uma casa, não por objetos e paredes. Morre-se por uma catedral, não por pedras. Morre-se por um povo, não por uma multidão. Morre-se por amor ao Homem, se for o arco da abóbada de uma comunidade. Morre-se apenas por aquilo de que se pode viver.

O nosso vocabulário dava a impressão de permanecer quase intacto, mas as nossas palavras, que tinham perdido a substância real, levavam-nos a contradições insolúveis quando pretendíamos servirmo-nos delas. Estávamos fadados a fechar os olhos a esses litígios. Como não sabíamos construir, estávamos condenados a deixar as pedras espalhadas pelo campo e a falar da Coletividade com prudência, sem nos atrevermos a precisar o que falávamos, pois realmente não falávamos de nada. Coletividade é uma palavra vazia de significado enquanto não adquire significado em qualquer coisa. Uma soma não é um Ser.

Se a nossa sociedade ainda podia parecer desejável, se o Homem ainda conservasse algum prestígio nela, seria na medida em que a autêntica civilização, que traímos por nossa ignorância, ainda estendesse sobre nós o seu brilho condenado e nos salvasse, apesar de nós.

Como é que os nossos adversários haviam de compreender o que não compreendíamos mais? Viram apenas pedras dispersas em nós; tentaram atribuir um sentido a uma Coletividade que já não sabíamos como definir, por não nos lembrarmos do Homem.

Alguns chegaram alegremente, de uma única vez, até as conclusões mais extremas da lógica. Dessa coleção fizeram uma coleção absoluta. As pedras devem ser idênticas às pedras, cada uma reina exclusivamente sobre si mesma. A anarquia lembra-se do culto do Homem, mas aplica-o, com todo o rigor, ao indivíduo. E as contradições que nascem desse rigor são piores que as nossas. Outros reuniram essas pedras espalhadas a esmo pelos campos. Pregaram os direitos da multidão. A fórmula não era minimamente satisfatória, pois, se é certo que resulta intolerável que um só homem tiranize uma Massa, não é menos intolerável que a Massa esmague um único homem.

Outros, ainda, apoderaram-se dessas pedras impotentes e, dessa soma, constituíram um Estado. Mas um tal Estado tampouco transcende os homens, porque ainda é a expressão de uma soma; é o poder da Coletividade delegado nas mãos de um indivíduo; é o reinado de uma pedra que, em detrimento do conjunto das pedras, pretende identificar-se com as outras. Esse Estado prega, sem disfarce, uma moral do Coletivo que ainda nos recusamos a aceitar, mas para a qual nós próprios nos encaminhamos lentamente, já que não nos lembramos do Homem, única entidade capaz de justificar nossa recusa.

Os fiéis da nova religião deverão opor-se a que vários mineiros arrisquem sua vida para salvar um único mineiro soterrado, porque, a essa altura, a pilha de pedras estará lesada. Darão cabo do ferido que estorve o avanço de um exército. Estudarão o bem da Comunidade na aritmética e a aritmética vai governá-los, perdendo, assim, a ocasião de transcender-se em algo maior do que a si próprios. Odiarão, portanto, aquele que difere deles, já que não dispõem de nada com o que se confundir acima de si mesmos. Todo costume, toda raça, todo pensamento estrangeiro significarão necessariamente uma afronta para eles. Nem sequer disporão do poder de absorver porque, para converter o Homem em si próprio, urge não o amputar, mas sim exprimi-lo em seus termos, oferecendo um fim às suas aspirações e um território às suas energias. Converter é libertar. A catedral pode absorver as pedras — que nela adquirem um sentido —, mas uma pilha de pedras não absorve nada e, como não está em condições de absorver, antes esmaga. É precisamente isso que acontece, mas de quem é a culpa? Já não me admiro mais de que uma pilha de pedras que têm muito peso se imponha sobre as pedras dispersas.

Todavia, sou mais forte.

Sou mais forte se conseguir encontrar a mim mesmo; se o nosso Humanismo restaurar o Homem; se soubermos fundar a nossa Comunidade, e se, para a fundarmos, recorrermos ao único instrumento eficaz: o sacrifício. A nossa Comunidade, tal como a nossa civilização a tinha construído, não era, em absoluto, a soma dos nossos interesses, mas a soma dos nossos dons.

Sou mais forte, porque a árvore é mais forte do que os materiais do solo. É ela que os atrai e encarrega-se de transformá-los em árvore. A catedral é mais brilhante do que a pilha de pedras. Sou mais forte, porque somente minha civilização tem poder para soldar em sua unidade as diferenças particulares sem amputá-las. Vivifica a fonte da sua força ao mesmo tempo que nela se banha.

No momento de partir, quis receber em vez de dar. Vã pretensão a minha. Dava-se o mesmo com a triste lição de gramática. É preciso dar antes de receber, e construir antes de habitar.

Fundei o amor pelos meus nessa dádiva de sangue, da mesma forma que a mãe assenta o seu amor no leite que doa. Nisto está o mistério. É preciso começar pelo sacrifício para alicerçar o amor.

O amor, depois, pode solicitar outros sacrifícios e empregá-los em todas as vitórias. O homem deve dar sempre os primeiros passos; deve nascer antes de existir.

Regressei da missão tendo estabelecido o meu parentesco com a pequena sobrinha do caseiro. O seu sorriso foi-me transparente e, por meio dele, descortinei a minha aldeia; por meio da minha aldeia, o meu país; por meio do meu país, os outros países. Porque pertenço a uma civilização que escolheu o Homem para arco da abóbada. Sou do Grupo 2/33, que desejava combater pela Noruega.

Pode muito bem acontecer que Alias, amanhã, designe-me para outra missão. Vesti-me hoje para o serviço de um deus a cujo respeito estava cego. O tiroteio de Arras quebrou a carapaça, e então enxerguei como toda a gente de minha casa. Portanto, se hei de decolar ao romper da aurora, saberei por que ainda combato.

Todavia, não quero esquecer-me do que vi. Tenho necessidade de um credo simples para lembrar-me.

Combaterei pelo primado do Homem sobre o indivíduo, como do universal sobre o particular.

Creio que o culto do Universal exalta e relaciona as riquezas particulares e alicerça a única ordem autêntica, que é a ordem da vida. Uma árvore está em ordem, a despeito de suas raízes que diferem dos ramos.

Creio que o culto do particular leve apenas à morte, porque baseia a ordem na semelhança. Ao confundir a unidade do Ser com a identidade das suas partes, ele devasta a catedral para alinhar pedras. Combaterei, pois, quem quer que tenha a veleidade de impor um costume particular a outros costumes, um povo particular a outros povos, uma raça particular a outras raças, um pensamento particular a outros pensamentos.

Creio que o primado do Homem fundamenta a única igualdade e a única liberdade com significação autêntica. Creio na igualdade dos direitos do Homem por meio de cada indivíduo; creio que a Liberdade é a liberdade da ascensão do Homem. Igualdade não é o mesmo que Identidade. A Liberdade não é a exaltação do indivíduo em detrimento do Homem. Combaterei quem quer que pretenda submeter a liberdade do homem a um indivíduo ou a uma massa de indivíduos.

Creio que minha civilização denomina Caridade o sacrifício consentido ao Homem para que este estabeleça seu reinado. A Caridade é a dádiva oferecida ao Homem por meio da mediocridade do indivíduo. É ela que está na base do Homem. Combaterei todo aquele que, ao pretender que a minha caridade honre a mediocridade, renegue o Homem e aprisione, assim, o indivíduo em uma mediocridade definitiva.

Combaterei pelo Homem; contra seus inimigos; mas também contra mim mesmo.

CAPÍTULO XXVIII

REUNI-ME NOVAMENTE com meus companheiros. Devíamos encontrarmo-nos lá pela meia-noite para recebermos as ordens. O Grupo 2/33 estava caindo de sono. A chama da grande fogueira transformou-se em brasa. O Grupo dava a impressão de que ainda resistia, mas não passava de impressão. Hochedé interrogava tristemente o seu famoso cronômetro. Em um canto, Pénicot, com a nuca apoiada contra a parede, fechou os olhos; Gavoille, sentado em uma mesa, com o olhar vago e as pernas penduradas, resmungava como uma criança prestes a chorar. Azambre cabeceava sobre um livro. O comandante, única pessoa alerta, mas tão pálido que assustava, discutia com papéis na mão sob um candeeiro, em voz baixa com Geley. Ademais, esse "discutia" não passava de uma imagem. O comandante falava, Geley assentia com a cabeça e dizia: "Sim, certamente". Geley aferrava-se ao seu "sim, certamente"; aderia cada vez mais estreitamente aos enunciados do comandante, como o homem que se afoga agarra o pescoço do nadador.

Se eu fosse Alias, diria sem mudar de tom: "Capitão Geley... prepare-se para ser fuzilado ao romper da aurora...". E aguardaria a resposta.

O Grupo não dormia havia três dias e mantinha-se de pé como um castelo de cartas.

O comandante, então, levantou-se, dirigiu-se a Lacordaire e arrancou-o de um sonho em que ele, talvez, estivesse ganhando no xadrez:

— Lacordaire... prepare-se para partir de madrugada. Missão de voos rasantes.

— Muito bem, meu comandante.

— Você deveria dormir...

— Sim, meu comandante.

Lacordaire sentou-se novamente. Ao sair, o comandante arrastou Geley na sua pegada, como se puxasse um peixe morto na ponta da linha. Geley, com toda segurança, não completava três dias sem deitar-se, mas uma semana. Tal como Alias, não apenas pilotou as suas missões de guerra, como assumiu toda a responsabilidade do Grupo. A resistência humana tem limites. As de Geley foram superadas. No entanto, lá iam os dois, nadador e afogado, à procura de ordens fantasmas.

Desconfiado, Vezin foi ter comigo, o mesmo Vezin que dormia em pé como um sonâmbulo.

— Você dorme?

— Eu...

Apoiei minha nuca no encosto de uma poltrona, porque descobri uma poltrona. Também estava caindo de sono, mas a voz de Vezin atormentava-me:

— Isso acabará mal!

Isso acabará mal... impossibilidade *a priori...* Acabará mal...

— Mas você dorme?

— Eu... não... o que é que acabará mal?
— A guerra.

Ah! Essa é nova! Volto a mergulhar no sono. Respondo vagamente:

— ... Qual guerra?

— Como: "Qual guerra?"

A conversa não iria muito longe. Ah! Paula, se os Grupos aéreos tivessem dirigentes tiroleses, há muito que o Grupo 2/33 inteiro estaria na cama!

O comandante empurrou a porta como um vendaval:

— Está decidido. Vamos mudar.

Atrás dele, via-se Geley, completamente desperto. Deixaria para amanhã os seus "sim, certamente". Mais uma noite em que o mesmo consumiria as reservas que ele próprio desconhecia, para dedicar-se a tarefas extenuantes.

Levantamo-nos. Alguém disse: "Ah... Bom...". O que mais haveríamos de dizer?

Ficamos sem dizer nada. Garantimos a mudança. Apenas Lacordaire esperaria a alvorada para decolar, no cumprimento da sua missão. Ao regressarmos, iria ter diretamente conosco na nova base.

Amanhã não diremos coisa alguma: amanhã, para as testemunhas, seremos os derrotados e, estes, devem calar-se. Como as sementes.

ANTOINE DE SAINT-EXUPÉRY

Impresso em papel Literatto 70 gramas